Jurgen Kleist

Die Zwillinge

und

andere Geschichten

Jun Matsuo gewidmet

Jurgen Kleist

Die Zwillinge

und

andere Geschichten

© Jurgen Kleist, 2014

Das Werk einschließlich aller seiner Teile ist urheberrechtlich geschützt. Jede Verwertung außerhalb der engen Grenzen des Urheberrechtsgesetzes ist ohne Zustimmung des Autors unzulässig und strafbar. Das gilt insbesondere für Vervielfältigungen, Übersetzungen, Mikroverfilmungen und die Einspeicherung und Verarbeitung in elektronischen Systemen.

All rights reserved. No part of this book may be used or reproduced in any manner whatsoever without written permission by the author, except in case of brief quotations embodied in critical articles or reviews.

Der Magische Garten

Er saß am leicht geöffneten Fenster und ließ sich die kühle Brise ins Gesicht wehen. Vereinzelt konnte er noch Sterne ausmachen; doch wenn er gegen Osten schaute, sah er bereits das erste Licht des neuen Tages. Tief sog er die feuchte Morgenluft ein,—und wenn er sie langsam wieder ausblies, lauschte er aufmerksam seinem Atemgeräusch. Es klang wie ein ferner, sanfter Wind. Er schloss die Augen und hielt für einen Moment lang die Luft an, denn aus dem Nebenzimmer, wo die Eltern schliefen, war ein Geräusch gekommen. Schnell wendete er seinen Kopf zum Bett hinüber, in dem die Schwester lag. Mit Erleichterung sah er, dass sie noch fest schlief. Er horchte erneut. Im Zimmer der Eltern war es wieder still geworden.

Sein Blick wanderte zum Fenster hinaus, über die Dächer, dem Horizont zu, und er begann erneut, seinem Atem nachzulauschen.

Es wurde langsam heller, aber die Sonne war noch nicht zu sehen.

Seit Tagen hatte er keine Sonne mehr gesehen und er dachte mit Sehnsucht an Paris zurück, wo die Sonne so hell und warm schien. "Paris, Paris", flüsterte er leise und sah noch einmal seinen von tausend Kerzen illuminierten Triumph am Hofe des Königs, sah sich umschwärmt von einem enthusiastischen Publikum, sah die grenzenlose Begeisterung in den Gesichtern seiner Zuhörer—und nun, nun war er wieder in Wien, im grauen, herbstlichen Wien, das ihn dieses Mal abzulehnen schien.

Zwei Stunden lang hatten sie im Foyer des Palasts warten müssen. Ganze zwei Stunden lang hatte er, mit klammen Fingern und schmerzenden Gelenken, auf einem unbequemen Stuhl gehockt. Der Vater hatte müde und blass in der Ecke gesessen und die Schwester getröstet, die leise weinte.

Immer wieder hatte der Vater gemurmelt: "Wir werden gleich empfangen. Macht euch nur keine Sorgen. Gleich werdet ihr den Kaiser sehen."

Doch als das leidvolle Warten endlich zuende war, wurden sie wieder nach Hause geschickt. Der Kaiser könne sie diesmal nicht empfangen, wurde ihnen mitgeteilt. Es bestehe gegenwärtig am Hof kein Bedarf an musikalischen Kunststücken.

Der Vater protestierte und betonte, dass die Kinder viel reifer geworden seien und ihre Aufführungen einen Grad an Perfektion erreicht hätten, der in Paris und London, Brüssel, Amsterdam und selbst in München das Publikum zu Begeisterungsstürmen hinreissen würde, und, so der erregte Vater, bei der letzten Audienz im Januar habe der gnädige Kaiser, Gott möge ihn beschützen, fest versprochen, dass sie diesen Herbst noch, also heute, an eben diesem Tage, zu eben dieser Stunde, erneut vorgelassen werden würden, um Seiner Majestät dem Kaiser vorspielen zu dürfen. "Hier", hatte der Vater ausgerufen, "hier sind die Kompositionen meines Sohnes Wolfgang Amadeus, der noch ein Kind ist!"

Es hatte alles nichts genützt. Das Bitten und Flehen des Vaters erreichte die kaiserlichen Ohren nicht. "Später", hieß es zum Troste, "vielleicht später." Zur Zeit sei der Kaiser mit wichtigeren Dingen beschäftigt,—und damit wurde ihnen die Tür gewiesen.

"Paris", flüsterte er und blickte in den wolkenverhangenen Herbstmorgen. Und noch einmal: "Paris". Dann schloss er leise das Fenster und ging ans Klavier, wo er mit seinen morgendlichen Fingerübungen begann.

Der Morgen hatte sich dahingeschleppt. Der Vater hatte ein einfaches Frühstück kommen lassen, Butterhörnchen mit Konfitüre, dazu Tee und Milch. Nannerl hatte erneut zu weinen angefangen, und die Mutter hatte sich nach dem Frühstück wieder hingelegt.

Der Vater war in die Stadt gegangen, um mit guten Nachrichten wiederzukehren, wie er immer wieder betont hatte. Hoffentlich, dachte Wolfgang, müssen wir nicht wieder in einem dieser billigen Hotels spielen, vor einem Publikum, das keine Ahnung von Musik hat, und dem es nur auf Akrobatik und andere Kunststücke ankam.

Clownerien, wollte die Masse sehen, nichts als Clownerien.

Man schrie vor Vergnügen, wenn er mit verbundenen Augen spielte, oder wenn er vom Vater hochgehalten und über dem Klavier schwebend seine Hände über die Tasten fliegen ließ. Als letzte Steigerung konnte sich das Volk sicherlich nur noch einen Schimpansen vorstellen, der mit Händen und Füßen zugleich spielte und dabei eine Banane aß.

Er stand vom Frühstückstisch auf und ging zum Fenster hinüber. Die Schwester saß schweigend in der Ecke und war mit sich selber beschäftigt. Er wollte etwas zu ihr sagen, etwas, das sie aufmuntern würde, doch er fand die rechten Worte nicht. Nach einem unerträglich langen Moment des Schweigens, sagte er: "Sollen wir ein Stück zusammen spielen?" Die Schwester blickte ihn geistesabwesend an. "Wo bleibt der Vater nur?" war ihre Antwort. "Er wird bald kommen", entgegnete er.

Er blickte aus dem Fenster. Es regnete. Die Wolken hingen schwer und tief über den Dächern der Stadt.

"Weißt du noch, in Paris?" begann er und untermalte seine Worte mit einer freudigen Geste. "In Paris, da gibt es keinen Regen. In Paris, da scheint immer die Sonne."

"Unsinn", antwortete die Schwester, "natürlich regnet es auch in Paris."

"Nein", beharrte er. "In Paris regnet es nie. Wir sollten wieder nach Paris gehen."

Er trat vor seine Schwester und deklamierte: "Je suis Amadé Mozart, Mademoiselle. Je suis un rêve transformé en musique. Je viens d'un pays lointain pour vous apporter la musique des dieux. Das heißt auf Deutsch: Ich bin ein Traum, der Musik geworden ist. Ich komme aus einem fernen Land und bringe Ihnen die Musik der Götter."

"Lass das", rief die Schwester unwirsch. "Du bist ganz verrückt."

"Aber meine liebe Mademoiselle", rief er, "seien Sie nicht nicht so ungalant mit mir, sonst muss ich Sie strafen."
Er lief ans Klavier und schlug ein paar Töne an, als die Tür aufging und der Vater hereinkam.
"Macht euch fertig", rief der Vater erregt, "um drei Uhr sind wir bei dem Herrn Doktor Mesmer eingeladen. Es eilt, und es ist sehr wichtig!"

Man war zur Villa des Herrn Doktor Mesmer in die Vorstadt geeilt. Die Mutter war zurückgeblieben, da sie sich immer noch nicht wohl fühlte. Bei Tee und Gebäck hatte man sich bekannt gemacht und ein wenig über Gott und die Welt, vor allem aber über Musik geplaudert. Doktor Mesmer, so schien es, war ein ausgezeichneter Kenner der Lehre von der Harmonie und mit der Musik von Bach und Haydn, Telemann und Vivaldi bestens vertraut. Von Zeit zu Zeit schaute ein Diener herein und fragte, ob noch etwas Tee oder Kuchen gewünscht werde. Die beiden Männer unterhielten sich anschließend über den neuesten Stand der Wissenschaften und Doktor Mesmer fand in Leopold Mozart einen geduldigen Zuhörer, als er ihm seine Lehre vom *Animalischen Magnetismus* in groben Zügen darlegte.
"Es ist ein harmonisches Gebilde", schloss Mesmer seine Erklärungen ab, "das Weltall mit seinen unendlich vielen Gestirnen, unsere Sonne, der Mond, die Erde, auf der wir leben, und alle Lebewesen, den Menschen miteinbezogen."

"Aber, kann man das kosmische Fluidum sehen, oder fühlen?" wollte Mozart wissen.

"Es ist da,—und trotzdem kann man es weder sehen, noch fühlen, noch schmecken. Es ist eine Kraft, eine unsichtbare magnetische Kraft, die den Kosmos durchströmt und damit auch unseren Organismus. Kranksein ist nichts als eine Imbalance, ein Zustand der Disharmonie; und das bedeutet, dass die magnetischen Ströme im Organismus nicht fließen können. Ich sehe es als meine Aufgabe, ja, als mein Lebens -werk an, diese Ströme wieder zum Fließen zu bringen. Was ich will, lieber Mozart, ist Harmonie, universelle Harmonie. Nichts weiter. Und haben uns nicht die alten Griechen das Konzept dazu bereits geliefert; und lehrt uns nicht die Musik, dass Harmonie ihr Grundelement ist?"

Vater Mozart nickte begeistert, doch Mesmer entschuldigte sich, er müsse jetzt seine Vorbereitungen treffen, denn um 5 Uhr träfen die ersten Klienten ein.

Die Familie Mozart machte Anstalten, sich zu verabschieden, doch Mesmer wehrte ab und sagte, dass sie ruhig bleiben könnten, im Gästezimmer stehe ein Klavier; außerdem habe er eine große Bibliothek und ein böhmisches Marionettentheater, damit könnten sich die Kinder bis zum Abendessen, zu dem sie natürlich recht herzlich eingeladen wären, die Zeit vertreiben.

Der Vater war unentschlossen und bedankte sich mehrmals für die freundliche Einladung dazubleiben, lehnte schließlich aber ab, da er sich um seine kranke Frau kümmern müsse. Wolfgang hingegen war von der Aussicht, einen ganzen Nachmittag frei zu haben, begeistert. Er kündigte an, dass er sehr gerne beim Herrn Doktor Mesmer bleiben wolle. Nannerl war unentschlossen und entschied sich erst im letzten Augenblick, mit dem Vater zur Mutter zurückzugehen. Vater Mozart blieb nichts anderes übrig, als die Hände in gespielter Verzweiflung gen Himmel zu strecken. Dabei sagte er lächelnd und um Verständnis bittend: "Aus Kindern soll man schlau werden!"

Lachend verabschiedeten sich die Männer und Wolfgang Amadeus winkte seinem Vater und Nannerl nach, als diese zur Tür hinausgingen.

Mesmer nahm den kleinen Jungen bei der Hand und brachte ihn in das besagte Zimmer.

"Wirst du dich auch nicht langweilen, so allein?"

Wolfgang schüttelte seinen Kopf. "Ich bin jeden Tag mit dem Vater und der Schwester zusammen."

Mesmer wollte wissen, ob er viel übe.

"Acht oder zehn Stunden am Tag", antwortete Mozart. Mesmer meinte, das sei aber viel.

"Der Vater möchte, dass ich noch mehr übe", antwortete Mozart und ließ sich zuerst das Marionettentheater zeigen, nachdem sie im Gästezimmer angekommen waren.

Mesmer war durch die Antworten des kleinen Mozart neugierig geworden. Er betrachtete heimlich den Knaben, als dieser mit den Marionetten hantierte. Er war etwas zu klein und zu zart für sein Alter. Die Hände sahen wie normale Kinderhände aus—man sah es ihnen jedenfalls nicht an, dass sie dem Klavier solch zauberhafte Klänge entlocken konnten.

Unwillkürlich schaute Mesmer auf seine eigenen Hände, die groß und fleischig waren, wie überhaupt sein ganzer Körper kräftig und ein wenig rundlich war. Es musste von den Kuchen und Torten kommen, denen man hier in Wien nicht entkommen konnte. Wohin man auch ging, eine Sahnetorte war immer schon da und wartete darauf, angeschnitten zu werden. Die Sucht der Wiener nach Schlagober und Süßigkeiten, und die Machtposition, die die ansäßigen Konditoren dadurch erworben hatten—sie kamen wohl gleich nach dem Hofe und der Ärzteschaft—zeugte seiner Meinung nach von einer gravierenden Imbalance, die schleunigst geheilt werden musste, wenn nicht die Stadt und ihre Bewohner eines Tages in einer Flut aus Sahne und Schokoladensoße ersticken wollten.

"Gefallen dir die Marionetten?" fragte Mesmer, um sich auf andere Gedanken zu bringen. Mozart nickte und hob zwei Marionetten hoch, die er Mesmer entgegenstreckte. "Das ist Bastien, und das Bastienne". Er lachte und stellte die Marionetten wieder an ihren Platz zurück.
"Bastien und Bastienne?" fragte Mesmer verwundert. "Wie soll ich das verstehen?"
"Ich habe ein Singspiel komponiert. Das heißt 'Bastien und Bastienne'."
Mesmer war beeindruckt. "So, du hast ein Singspiel komponiert?"
"Ja, und es sollte am Hofe aufgeführt werden, aber ..."
"Aber?" wollte Mesmer wissen.
Mozart blickte ihn an, und sagte betont freudig: "Es wird später aufgeführt werden. Man ist beschäftigt."

Mesmer verstand und wollte das Gespräch in eine andere Richtung lenken.

"Dein Vater sagte mir, dass du ein ausgezeichnetes Gedächtnis besitzt."

Mozart, der daran nichts Ungewöhnliches fand, schaute Mesmer fragend an.

"Ich habe gehört, dass du ein Lied, das du nur einmal gehört hast, sofort und ohne Fehler nachspielen kannst."

Mozart nickte gleichgültig, was Mesmers Faszination für diesen Jungen nur noch steigerte.

"Also", wollte er sich nochmals vergewissern, "du hörst eine Komposition nur ein einziges Mal, ein einziges Mal—nicht zwei Mal—und anschließend kannst du sie Ton für Ton und Note für Note aus dem Gedächtnis nachspielen?"

Der Kleine nickte wieder geistesabwesend und hantierte mit den Marionetten. "Aber das ist doch einfach", sagte er. Mesmer verschlug es einen Moment lang die Sprache. "Das bedeutet, dass ..."

In diesem Augenblick klopfte es und ein Diener mahnte an, dass die ersten Klienten bereits eingetroffen seien. Ein Fürst Friedrich von Weizsäcker mit Gemahlin seien darunter und beide machten einen äußerst nervösen Eindruck. Soeben sei auch ein schottischer Prinz angekommen. Auch er schien nicht der Gesündeste zu sein. Mesmer winkte unwillig ab. Man solle die Herrschaften in den Garten schicken und ihnen Tee reichen. Er werde gleich kommen.

Bevor der Diener das Zimmer verließ, wollte Mesmer noch wissen, ob die künstlichen Sonnen angezündet seien, ob die griechischen Götterstatuen orange erglühen würden, und ob die magnetischen Stäbe an ihrem Platz seien.

Der Diener bejahte und fragte, ob der Herr purpur oder schwarz tragen wolle. Mesmer entschied sich für purpur, doch wünsche er heute den grünen Baton.

"Du hast also ein perfektes Gedächtnis", nahm Mesmer den Faden wieder auf.

Der Knabe nickte und legte die Marionette hin, die er in seiner Hand gehalten hatte.

"Mit anderen Worten, du begreifst in perfekter Weise die Gesetze der Harmonie."

Der Knabe nickte wieder und ging ans Fenster, um einen Blick in den besagten Garten zu werfen.

Es klopfte wieder an die Tür und Mesmers Frau erschien im Türrahmen.

"Franz Anton", sagte sie scharf, "man wartet auf dich. Wir haben Gäste aus Holland und Schottland. Und die Wiener Dauerpatienten werden schon ungeduldig."

"Ja, ja, ja, ich komme ja schon."

Mesmers Stimme klang ärgerlich. Er hasste es, wenn er gehetzt wurde.

"Ich muss in den Garten", sagte er zu Mozart, der wieder begonnen hatte, mit den Marionetten zu spielen. "Spiel nur ruhig damit; und dann haben wir auch noch das Klavier", er deutete in die Ecke, wo ein schönes, großes Klavier stand.

Mozart nickte brav und Mesmer eilte aus dem Zimmer.

Dann war er plötzlich allein.

Er ging zum Fenster und schaute in den Garten, wo es sich die Herrschaften auf Bänken und Stühlen bequem gemacht hatten. Auch waren Zuschauer eingetroffen, die gespannt in die Runde blickten. Er verspürte Lust, ebenfalls in den Garten zu gehen, um zu sehen, was dort vor sich ging, aber er war sich nicht sicher, ob er die Erlaubnis dazu erhalten hatte. Er beobachtete, dass sich die Damen und Herren erhoben und in einem Halbkreis aufstellten. Sein Blick fiel auf die schönen, hohen Palmen und die kleinen, illuminierten Teiche, auf denen Schwäne kreisten. Am Ufer der Teiche lag weißer Sand. Hier und da sah er zierliche, rosa glänzende Vögel, die auf einem Bein standen und langsam ihren langen, leicht gebogenen Schnabel hoben und senkten. In einer Ecke des Gartens war ein dunkelblauer Baldachin aufgespannt—einen ähnlichen hatte er in Versailles gesehen—und an diesem Baldachin hingen große, silberne Sterne und ein goldener Halbmond. Über den kleinen Teichen und entlang der Wege hingen bunte Lampions—und überall blühten Orangenbäume.

In den Halbkreis der Damen und Herren war nun Doktor Mesmer getreten. Er trug eine lange, purpurne Robe, einen hohen, pechschwarzen Zylinder, an dem ein blutrotes Seidenband befestigt war, das leicht flatterte, und in der

Hand hielt er einen hellgrünen Baton, den er mehrere Male über die Köpfe der Damen und Herren schweifen ließ. Dann machte er ein paar zackige Bewegungen damit und die Gruppe löste sich auf. Mozart sah, dass ein Paar zum Teich ging, in ein kleines Boot stieg und davonruderte. Drüben ließ sich ein Mann im weißen Sand nieder und stützte seinen Kopf in beide Hände. Ein anderes Paar setzte sich unter eine Palme; und beide hielten sich fest umklammert.

Nach einer Weile tauchte Mesmer mit seinem Stab wieder auf und ging auf das Pärchen zu, das unter der Palme saß. Sanft löste er die beiden aus ihrer Umklammerung, und Mozart sah nun, dass der Mann sich schüttelte. Ob er wohl weint? fragte sich der Junge, und seine Neugier trieb ihn plötzlich aus dem Zimmer. Ungesehen gelangte er in den Garten und konnte sich hinter einem Orangenstrauch verstecken. Ein paar Meter vor ihm stand Doktor Mesmer und schwang seinen Baton über dem Haupt des Mannes, der immer noch zitterte. Mozart hörte nun, dass der Mann weinte und heftig schluchzte, dabei stieß er Worte heraus, die er aber nicht verstehen konnte. Die Frau saß mit weitaufgerissenen Augen daneben und lächelte fortwährend. Ihr Kopf zitterte ebenfalls, was ihr ein unwirkliches Aussehen verlieh. Mesmer ließ nun von dem jungen Mann, der sich zu beruhigen schien, ab und wendete sich der Frau zu. Mozart hörte ihn erst lateinische, dann französische Worte murmeln. Der grüne Stab zeichnete vor dem Gesicht der Frau geschmeidige Linien in die Luft, und nun geleitete Mesmer die Frau zu einer Bank, auf der sie sich niederließ. Mesmer holte sich einen Stuhl und setzte sich direkt vor sie. Den Stab legte er auf ihre Knie.

Mozart schaute kurz nach dem jungen Mann, der nun ruhig atmete und in eine Orange biss.
Inzwischen hatte Mesmer seine beiden Hände um die Taille der Frau gelegt, deren Busen sich heftig hob und senkte. Dann ließ er seine Finger an ihrem Körper langsam auf- und abgleiten. Das heftige Atmen der Frau ging in ein leises, dann immer lauter werdendes Schluchzen über, das sich zum Schluss in ein unbändiges Lachen verwandelte. Mit einem Mal versteifte sich der Körper der Frau, und dann ließ sie sich auf die Bank gleiten.

"Chambre de cure", sagte Mesmer zu den beiden Dienern, die herbeigeeilt waren.

Mozarts Blick wurde nun von einem anderen Geschehen gefangen genommen. Nicht weit von der Bank entfernt, von der die Frau fortgetragen wurde, lag ein Mann am Ufer des Teiches und hielt mit beiden Armen einen Schwan fest umschlugen. Das Tier versuchte sich mit Flügelschlägen zu befreien und sein Schnabel zischte böse auf den Nacken des Mannes herab, doch der wollte nicht loslassen, und erst als Doktor Mesmer mit seinem Stab eingriff, löste sich das ungleiche Paar voneinander. Das Tier flatterte aufgeregt davon und der Mann machte Anstalten, kopfüber in den Teich zu kriechen. Mesmer schnippte kurz mit dem Finger und sofort erschienen zwei andere Diener, die den Mann, der schon halb im Wasser lag, aufnahmen und mit sich forttrugen.

Neben Mozart tauchte nun das nervöse Paar von Weizsäcker auf. Der Fürst strich sich dauernd die weißen Haare glatt und räusperte sich dabei, die Fürstin nestelte an ihrem Busen und blickte alle drei Sekunden in einen kleinen Spiegel, den sie in der linken Hand verborgen hielt. Mozart hörte, wie der Fürst fragte: "Und wie gefalle ich Ihnen heute, meine Liebe?" Worauf die Fürstin antwortete: "Und wie gefalle ich Ihnen heute, mein Lieber?" Mesmer, der die beiden bereits mit halb erhobenem Stock beobachtet hatte, ließ sie an sich vorbeigehen.

Mozarts Aufmerksamkeit wurde nun von einem Mann im Schottenrock gefangen genommen. Der Mann hielt in der Rechten ein Wasserglas, das bis zur Hälfte mit einer goldgelben Flüssigkeit gefüllt war. Auf der Schulter des Mannes hockte ein Papagei, der krächzte, schnarrte und Wienerische Unanständigkeiten von sich gab. Ab und zu nahm der Schotte einen Schluck von seinem Wasserglas und lächelte dabei glücklich. Auch ihn ließ Mesmer vorüberziehen, ohne einzuschreiten.

Auf der gegenüberliegenden Seite des Teiches jedoch herrschte plötzlich Tumult. Ein Patient war an einem Palmenstamm emporgerobbt und verkündete von oben herab die Revolution und den kommenden elektrischen Weltstaat. Das magnetische Jahrtausend stehe bevor, rief der Mann, und das Zeitalter der kosmischen Schwingungen und spontanen Erhöhungen.

Die Versuche einiger Diener ihn aus der Palmenkrone herauszulösen, scheiterten, da sie auf halber Höhe mit Kokosnüssen beworfen wurden. Eine Dame fiel vor Erregung galant in Ohnmacht und alle Augen ruhten nun auf Mesmer, der sich genötigt sah, mit seinem Baton einzuschreiten. Er trat unter die Palme, hob beschwörend seine Hände, rief "Attention, Attention" und berührte dann einmal kurz den Stamm der Palme, wobei man meinte, ein feines, metallisches "bing" zu hören. Die Anwesenden hielten den Atem an, gespannt, wieweit die magischen Kräfte des Meisters wohl reichten. Und tatsächlich fiel der Mann vom Baume herunter und legte dem Meister eine Kokusnuss vor die Füße, die er bei dieser Gelegenheit innig küsste. Man brach in "Ahhs" und "Ohhs" aus, trat ein paar Schritte zurück, und Mesmer schnippte wieder mit dem Finger und orderte den Mann, der, wie man sich zuflüsterte, zum Wiener Dauerklientel gehörte, in die "chambres de cure", da, wie der Meister kurz erklärte, die Induzierung der Krisis zur vollsten Zufriedenheit erreicht worden sei.

Die Gruppe löste sich langsam wieder auf, nur ein Herr blieb stehen und schaute lange und nachdenklich an dem Palmenstamm empor. Dann ging auch er.

Als Mesmer eine weitere Krisis behandeln musste, schlich sich Mozart in das Gästezimmer zurück, wo er erneut mit den Marionetten zu spielen begann. Etwas später teilte ihm ein Diener mit, die Eltern seien angekommen, und der Frau Mama ginge es wieder blendend.

Das anschließende Abendessen verbrachte man in angenehmer Atmosphäre, und die Familie war hocherfreut, als Herr Doktor Mesmer den jungen Wolfgang Amadeus einlud, sein Singspiel *Bastien und Bastienne* am nächsten Abend in seinem Garten aufzuführen.

Was dann auch geschah.

Der Neue Trick

Nachdem die gevierteilte Dame in ihrer schwarz lackierten Bretterkiste hinaustransportiert worden war, kam ein Gehilfe des Zauberers und wischte das Blut auf, das sich unter der Kiste angesammelt hatte. Verwirrt dreinblickend verschwand er wieder. Dann trat auch schon der Zauberer vor das Publikum, das immer noch wild klatschte und Begeisterungsrufe ausstieß, breitete seine Arme aus und verbeugte sich tief. Ein Tusch ertönte, es wurde dunkel. Scheinwerfer flammten auf und tauchten den Meister in bläuliches Licht. Dort stand er: groß, schlank, mit Zylinder und schwarzem Cape. Ein Lächeln huschte über sein bleiches Gesicht. Die Augen glühten dunkel. Erneutes Verbeugen, erneuter Trommelwirbel, dann machte sich eine spannungsvolle Stille im Saal breit, in die der Zauberer flüsterte, dass nun die Hauptattraktion des Abends folge. Das Publikum begann zu klatschen, doch der Meister brachte den Saal mit einer einzigen Handbewegung zum Schweigen. Gespannt hielt man den Atem an. "Ich werde", hauchte der schwarze Mann in das Dunkel des Sales hinein, "ich werde Ihnen die Kleider vom Leib zaubern." Man atmete aus. So etwas gab es ja nicht. "Ich werde", flüsterte der bleiche Magier noch eindringlicher, wobei er die Finger seiner rechten Hand wie Schmetterlinge durch die Luft tanzen ließ, "Ihnen die Kleider wegzaubern." Hier und dort erklang Gelächter, doch was in den folgenden Sekunden geschah, ließ das Blut gefrieren: von überall her flogen Jacketts, Krawatten, Damenblusen, Stöckelschuhe, Hemden, Strümpfe, Hosen, Unterkleider, Kindersocken, Büstenhalter, Slips, Nylons herbei—während im Saal spitze Schreie und Rufe des Unglaubens ausgestoßen wurden, da jeder bemüht war, seine Blöße zu bedecken. Lediglich die Kinder fanden das alles sehr lustig, lachten und begannen, sich gegenseitig unter den Armen und an den nackten Bäuchen zu kitzeln. Hier und da sah man die Hände frühreifer Jünglinge flink die Gunst des Augenblicks nutzen, doch im Allgemeinen herrschte eine derartige Verblüffung, dass man zu träumen glaubte. Der schlanke Zauberer lächelte und ließ einen Tusch durch den Saal fliegen. Das Publikum schwieg. Lediglich einige Kinder kicherten weiter, doch ein allgemeines Gezische brachte auch sie zum Verstummen. Der Meister trat an den Bühnenrand und sagte leise: "Und nun zaubere ich die Kleider wieder auf Ihre Leiber zurück"—und wie von einem gewaltigen Zauberwind aufgewirbelt, flogen die Kleidungsstücke durch den Saal, und ein jeder trug wieder Hemd und Hose, Socken und Schal ... doch nichts passte mehr so richtig: hier war einem die Hose zu eng, dort trug ein anderer das falsche Hemd; junge Männer hatten plötzlich Nylonstrümpfe an den Beinen; Kinder versanken in zu großen Hosen und Kleidern, was ihnen wiederum Spaß machte; einige Herren trugen Büstenhalter auf rauher Brust; mehrere Damen zerrten an ungewohnten Hosenträgern; ein junges Mädchen starrte auf ihre karierten, übergroßen Unterhosen; und mehrere junge Herren trugen Kleider mit tiefen Ausschnitten. Eine heitere Panik brach aus. "Was soll das Ganze?" rief ein Mann Mitte vierzig. "Wo ist meine Brieftasche?" schrie ein graumelierter Herr und nestelte an seinem himmelblauen Blüschen. "Mein Seidenkleid", verlangte eine schlanke Dame im Smoking. Der erste Tusch ging unter im Geschrei der Menge. Der zweite wurde ebenfalls kaum wahrgenommen, erst der dritte brachte die Leute zum Schweigen. Der Zauberer trat zögernd hinter dem Vorhang hervor, wo er stirnrunzelnd gestanden hatte, ließ sich in lila Licht tauchen und sagte mit zitternder Stimme: "Ich bitte um Verzeihung. Es ... es ist ein ... neuer Trick. Irgendetwas muss wohl schiefgelaufen sein." Der Saal erbebte unter dem Aufschrei, der aus den Kehlen drang. Man sprang auf, schrie Obszönitäten, kletterte auf Sessel, Lehnen und begann, sich seiner vermeintlichen Kleider zu bemächtigen. "Das ist meine Hose!" und: "Geben Sie mir meine Jacke zurück!—Dieser Büstenhalter gehört mir!" Und: "Das sind meine Nylons!" Man begann sich gegenseitig die Kleider vom Leib zu reißen und stieß dabei die übelsten Verwünschungen aus. Plötzlich erklang ein Schrei, der das Chaos zum Stillstand brachte: "Scharlatan!" fuhr es durch den Saal. "Er ist ein Scharlatan!" Eisiges Schweigen breitete sich aus. Man starrte stumm auf die barbusige Dame in Schlips und Männerjackett, die diesen Ruf ausgestoßen hatte, dann blickte man zur Bühne, wo der Zauberer mit hängendem Kopf stand und zuerst leise, dann heftig zu weinen begann. Sein Körper bebte und sein Schluchzen war selbst in den hintersten Reihen zu hören. "Es tut mir ja so leid", flüsterte der Zauberer und sank vor Scham auf die Knie. "Es tut mir ja so leid." Sekundenlang herrschte ein verlegenes Schweigen. Doch plötzlich ertönte ein Klappern und ein kleines Mädchen wackelte in zu großen Stöckelschuhen und langem Abendkleid an den Bühnenrand heran und sagte in die Stille hinein: "Aber ist doch nicht so schlimm, Herr Zauberer. So was kann doch schon mal passieren." Hier und da erklang ein Lachen, das ansteckend wirkte,— und mit einem Mal breitete sich eine träumerische Heiterkeit im Saal aus. "Fast ein bisschen wie Karneval", meinte ein Mann amüsiert und schnallte sich einen Büstenhalter um den Kopf. Die jungen Burschen in den Abendkleidern stopften sich Socken in die Ausschnitte und begannen, mit den Hüften zu wackeln. Die Damen fanden sich plötzlich sehr schick in Männerjackett und Hose und warfen mit blitzenden Augen ihre Köpfe zurück. Man rief: "Wo bleibt die Musik? Wir wollen tanzen!"— und als das Orchester einen Tango zu spielen begann, fiel man sich gegenseitig in die Arme und flog, Wange an Wange, im Takt der Musik dahin, das kleine Missgeschick vergessend, denn alles war mit einem Mal so wunderbar schön, so heiter, so vollkommen.

Gelbe Wärme

Dem Nervenmeister Dr. B. gewidmet.

Hinter den Fensterscheiben der Morgen, grau und dunkel.

Seit Wochen ist es grau und dunkel, seit Wochen.

Im Zimmer flimmert die Deckenbeleuchtung.

Wenn ich meine Augen schließe, flimmert es in meinem Kopf. Ich sollte die Pflanze in der Ecke gießen.

War da nicht ein Klopfen?

Ein Mann kommt herein.

Ich kenne ihn nicht. Warum starrt er mich an?

Nur nicht hinschauen.

Was hält er denn in seiner Hand?

Es sieht wie eine Schachtel aus.

Wegschauen, nur nicht provozieren lassen.

Meine Zunge ist trocken und schwer.

Die Pflanze hat gelbe, vertrocknete Blätter. Sie steht neben der Zentralheizung. Mein Zimmer hat weiße Wände. Die Wände sind abwaschbar. Die Stühle sind abwaschbar. Die

Tische sind abwaschbar, eigentlich ist alles in diesem Zimmer abwaschbar.

Der Mann schaut noch immer zu mir herüber. Nun kommt er auf mich zu.

"Guten Morgen, Herr Doktor."

Er reicht mir seine Schachtel und strahlt dabei.

Ich fasse die Schachtel natürlich nicht an.

Der Mann strahlt noch immer und stellt die Schachtel auf den Tisch.

"Das habe ich gemacht", sagt der Mann. "Ein Geschenk für den Herrn Doktor."

Er ist weiß gekleidet, wie ich.

"Das habe ich gemacht", wiederholt der Mann, "heute morgen." Er dreht sich um und geht.

Nachdem er verschwunden ist, öffne ich die Schachtel.

Auf einer weißen Papierserviette liegt ein Kothaufen. Darauf ist ein kleiner, bunter Papierschirm, so wie man ihn auf einer Portion Eiscreme findet, gesteckt. Ich mache die Schachtel wieder zu.
Es klopft.
Eine Frau kommt herein. Sie setzt sich. Ihre Augen schauen auf die Schachtel. Sie rümpft die Nase.
"Das stinkt", sagt sie.

"Ein Geschenk", antworte ich.
Die Frau klagt über Schmerzen im Unterleib. Dabei starrt sie unentwegt auf die Schachtel.
"Das stinkt aber", sagt sie wieder, und erzählt mir von ihren Schmerzen. "Es ist der Nachbar", sagt sie. "Der Nachbar hasst mich. Ich habe ihm einmal einen Korb gegeben. Auf dem Flur, es war auf dem Flur. Er hat mir unter den Rock gegriffen. Ich habe 'nein' gesagt. Seitdem hasst er mich und will mich zerstören."

Die Frau sagt *zerstören*.
Sie starrt auf die Schachtel.
"Das stinkt aber ungeheuerlich", wiederholt sie. "Der Nachbar hat eine elektrische Sonde auf meine Wohnung gerichtet. Er ist ein Elektriker, müssen Sie wissen."

Die Frau ist fünfzig Jahre alt und seit zwei Wochen hier.

Ich frage sie: "Wie machen sich denn ihre Schmerzen bemerkbar?"
"Im Unterleib. Ich habe Schmerzen im Unterleib."
"Was für Schmerzen?"
Die Frau starrt mich, dann die Schachtel an. "Es brennt. Es brennt hier." Sie zeigt auf ihren Unterleib. "Der Nachbar hat eine Sonde aufgestellt. Damit strahlt er mir zwischen die Beine. Nachts, wenn ich schlafe. Er ist Elektrofachmann, müssen Sie wissen. Manchmal träume ich von ihm."
"Sie lebten zuvor allein?"
"Mein Mann ist seit fünf Jahren tot." Die Frau berührt ihre grauen Haare. Sie muss früher einmal sehr schön gewesen sein.
"Haben Sie die Sonde schon einmal gesehen?"

"Die Sonde hat der Nachbar gut versteckt."
"Glauben Sie, dass die Sonde jede Nacht auf Sie gerichtet ist?"
Die Frau nickt. "Es brennt jede Nacht hier." Sie fährt sich wieder mit der rechten Hand leicht über ihren Unterleib.
"Aber zur Zeit wohnen Sie doch gar nicht in Ihrer Wohnung."
"Die Sonde ist sehr stark. Er weiß, dass ich hier bin." Ihre Augen fahren einmal kurz im Zimmer umher. Ich atme durch.
"Geben Sie mir ihre rechte Hand."
Die Frau reicht mir ihre rechte Hand über den Tisch. Ich nehme ihre Hand und schaue sie lange an.
"Mit dieser Hand können Sie sich vor den Strahlen der Sonde schützen."
Ich schaue ihr zum ersten Mal in die Augen. Die Frau rümpft wieder ihre Nase.
"Die Schachtel stinkt."
"Es ist ein Geschenk. Mit dieser Hand können Sie die Strahlen aufhalten."
"Wie denn?"
Ich stehe auf und öffne das Fenster. Kalte Luft kommt ins Zimmer. Der Himmel ist wolkenverhangen und es sieht nach Regen aus. Ich klingele. Jemand kommt, ich zeige auf die Schachtel. Man räumt sie fort.
"Wie denn? Wie kann ich mich denn vor den Strahlen schützen?"
Ich gehe zu meinem Sessel zurück und setze mich. "Wenn Sie heute nacht schlafen gehen, legen Sie Ihre rechte Hand auf ihren Unterleib."
Ich vollführe eine kurze, kreisende Bewegung mit meiner Hand. "Sehen Sie?"

Sie errötet und schaut zur Decke hoch. Nach einer Weile sagt sie: "Und was mache ich, wenn es wieder anfängt?"
"Sie können sich mit Ihrer Hand schützen, nur mit der Hand haben Sie Gewalt über die Sonde."
Die Frau nickt in die Luft, steht auf und geht zur Tür. Bevor sie hinausgeht fragt sie zögernd: "Und wenn er die Sonde nun abstellt?"
"Dann sehen wir weiter", rufe ich ihr nach.

Es regnet.

Himmel und Horizont sind zu einem grauen Grau zusammengeflossen. Ich schaue, ohne zu sehen. Es ist noch zu früh für die Tabletten, nicht schon um diese Zeit, sagt die erste Stimme. Und: Der Morgen hat doch gerade erst angefangen!

Dann höre ich eine zweite Stimme: Die Tabletten sind klein und gelb. Sie liegen in der Schreibtischschublade, ganz vorne. Kleine, gelbe Wärmespender. Dann geht es dir auch besser. Wieder klopft es.
"Herein."
Ein kleiner Mann tritt vorsichtig vor meinen Schreibtisch. Er klagt darüber, dass fremde Menschen in seinem Schlafzimmer schliefen. Jede Nacht kämen sechs fremde Männer und würden sich in seinem Schlafzimmer hinlegen und die ganze Nacht dort schlafen.
"Sie kommen übrigens immer zur gleichen Zeit", sagt der Mann mit einem todernsten Gesicht und setzt sich. "Ich kann nicht schlafen, wenn ich Atemgeräusche höre."
"Die fremden Männer kommen jede Nacht?" frage ich den Patienten, der tatsächlich ein wenig blässlich aussieht. Er nickt.

"Jede Nacht", sagt er leise. Mit einem Male fährt er auf und schreit: "Unerhört ist das! Finden Sie nicht auch?"
Ich lass ihn kurz toben—dann wende ich ein: "Aber Sie wohnen doch gar nicht mehr zu Hause."
Der Mann setzt sich wieder und lehnt sich im Stuhl zurück. "Wie kommen Sie denn darauf?" will er wissen. "Natürlich wohne ich hier. Hier ist mein Zuhause."

Jetzt noch nicht, sagt die erste Stimme, es ist noch zu früh.

Dann frage ich: "Ist denn Ihr Schlafzimmer weiß angestrichen?"

Der Mann nickt.

"Alles weiß?"

"Mein Schlafzimmer ist weiß", sagt der Mann. "Ich habe vier weiße Wände, eine weiße Decke und meine Betten sind auch weiß. Sie haben sogar weiße Metallrahmen. Alles ist sehr sauber."

"Und man serviert Ihnen zu Hause jeden Morgen ein Frühstück?"

Der Mann nickt heftig. "Jawohl, jeden Morgen. Jeden Morgen bringt mir ein Diener das Frühstück. Darüber freue ich mich immer wieder."

"Und die fremden Männer kommen jede Nacht?"

Der Mann nickt wieder. "Jawohl, Herr Doktor, jede Nacht. Ich mag das nicht. Ich will allein schlafen. Ihr Schnarchen macht mich verrückt, verstehen Sie? Es ist mein Schlafzimmer."

"Aber vielleicht ist es ja nicht Ihr Schlafzimmer?" wende ich ein.

Der Mann schüttelt seinen Kopf. "Es ist mein Schlafzimmer", sagt er mit Nachdruck, "ich wohne hier."

"Und warum haben Sie noch sechs weitere Betten in Ihrem Schlafzimmer?" rufe ich jetzt ungeduldig geworden. "Na? Können Sie mir das erklären? Kein Mensch hat sieben Betten in seinem Schlafzimmer!"

Der Mann schaut mich mit weit aufgerissenen Augen an.

"Aber das sind doch meine Gästebetten", sagt er nach einer Pause zögernd, "die habe ich, falls mal Besuch kommt."

Ich schaue den Mann eindringlich an. Anschließend sage ich ganz leise: "Vielleicht ist Ihr Besuch ja schon längst da! Sie haben nur vergessen, eine Einladung an die Herren zu schicken!"

Der Mann kneift seine Augen zusammen und geht auf Zehenspitzen aus dem Zimmer.

Das Telefon klingelt. Ich starre das Klingeln an. Es hört auf zu klingeln.

Regen. Nieselregen. Feiner Nieselregen.

Ich schließe das Fenster. Die Zentralheizung ist lauwarm und tropft. Auf dem großen Kalender an der Wand ist eine Tropenlandschaft zu sehen. Ein Palmenstrand, grün-blaues Meer, eine runde, heiße Sonne. Meine Hand fährt zur Schublade hinunter. Eigentlich ist es noch zu früh, sagt die Stimme zu mir. Aber die Schublade öffnet sich von alleine. Dort liegen sie, dort in der Ecke, und starren mich an.
Ich schaue zur Seite.
Aus den Augenwinkeln kann ich beobachten, dass sie mich noch immer anstarren.
Jemand klopft an die Tür. Zwei sind zuviel. Oder? Es kommt jemand, entscheide dich, sagt die andere Stimme in meinem Kopf. Schluck sie! Ja, runter damit ... so ist's gut. Keiner hat was gesehen.
Lächle.

Eine Frau sitzt vor meinem Schreibtisch. Sie schaut glücklich aus. Sie lächelt ununterbrochen. Ich erinnere mich. Hinter Vorhängen, in Schränken und Truhen hatte sie Stimmen gehört. Die Stimmen hatten ihr Vorhaltungen gemacht und mit ihr geschimpft. Drecksluder und Hure, wurde sie gerufen. Ich hatte ihr das Übliche gegeben. Das war vor vier Wochen.

"Wie fühlen Sie sich?"

Die Frau lächelt: "Mir geht es gut."

Sie faltet die Hände über ihrer Brust zusammen und lehnt sich zufrieden zurück.
"Ich danke Ihnen, Herr Doktor."
Ich wehre ab.

"Was machen die Stimmen? Haben Sie jetzt Ruhe vor den bösen Stimmen?"
Plötzlich müssen wir beide lachen.
"Ach, Herr Doktor! Die Stimmen höre ich zwar nach wie vor, aber sie sind neuerdings ganz lieb zu mir. Sie sagen mir jetzt, wie nett und sauber ich bin. Neulich hat man zu mir sogar gesagt: 'Wir lieben dich, Erna.' Das kam unter dem Bett hervor. Ich danke Ihnen sehr, Herr Doktor."
Ich wehre ab.
"Das freut mich, dass Sie gelobt werden, und dass man Sie lieb hat."
Ich fülle das Rezept aus. Die Augen der Frau leuchten auf. Dankend nimmt sie es entgegen. Sie verabschiedet sich und verlässt das Zimmer.

Ich muss erneut zu dem Kalenderblatt hinschauen. Von der Sonne geht eine wohlige Wärme aus. Das türkisfarbene Wasser sieht berauschend schön aus. Und wie weiß der Sand leuchtet! Das Telefon klingelt wieder. Meine Hand nimmt den Hörer ab.

"Komme sofort", höre ich mich munter in den Hörer rufen.

Es ist Zeit zum Rundgang. Ich werfe rasch einen Blick in den Spiegel, der über dem Spülbecken hängt. Zwei rotgeränderte Augen starren mich an. Die Gesichtshaut ist weiß und schlaff. Mein Gott, sagt die erste Stimme, wie du wieder aussiehst. Wenn du so weitermachst, dann ist es bald aus mit dir.
Ach, was, sagt die andere Stimme, es ist die fahlgelbe Neonbeleuchtung, die dich blass aussehen lässt.

Ich nicke zufrieden und gehe beschwingt aus dem Zimmer.

Dubliner

Er ging, besser, er schlenderte den Fluss entlang, den Fluss, der den sonderbaren Eindruck vermittelt, er flösse in die falsche Richtung, und stellte sich vor, wie schön es hier sein könnte, am Fluss, mit blühenden Bäumen, grüngestrichenen Holzbänken, roten Rosen und freundlichen Menschen, Menschen, die lachten und sich grüssten... er schlenderte am Fluss entlang, in der Stadt seiner Träume, den Geruch von gebranntem Malz einatmend, den Kopf in der Luft, die Augen fast geschlossen, denn sobald er sie öffnete, schmerzte ihn der Anblick dieser Wüste aus grauem, verfallenem Stein, verschmierten Fensterscheiben und armseligem Schmutz.
Vor ihm, in einem verfallenen Hauseingang, hockten ein paar zerlumpte Kinder. Sie steckten die Köpfe zusammen, sicherlich berieten sie irgendein Spiel.

Er war von der O'Connell-Brücke gekommen, hatte die rechte Uferseite genommen, ein Bier getrunken und dann einen Jameson, dort am Quai, in jenem Pub, wo einst Leopold Bloom heiße Schafsnieren in Blätterteig gerollt verzehrt hatte. In der Kneipe war es dunkel gewesen, der Rauch der vorigen Nacht hing erkaltet in der Luft, auf einem Barstuhl schlief in sich zusammengesunken ein alter Mann. In seiner rechten Hand hielt er ein großes Glas Guinness, vor ihm standen drei leere Gläser. Es war Sonntag, Morgen, kurz vor elf.

Er trank und schaute durch die trüben Scheiben der Kneipe. Draußen ging ein Mann vorüber, gekleidet in einen schwarzen, abgeschabten Ledermantel. Er hatte eine

Wollmütze auf dem Kopf. Sein Gesicht war scharf und klein. Der schlafende Mann richtete sich auf und hob sein Glas an den Mund. Während er trank, tropfte ihm das schwarze Bier auf die Hose. Nachdem er getrunken hatte, rollte er sich wieder in sich zusammen.

Er bezahlte und trat wieder in das fahle Licht des Morgens. Über den grauen Häusern schwebte eine blasse Sonne. Er ging weiter, ohne zu wissen wohin. In den Nebenstraßen schrillten die Alarmanlagen, als seien sie plötzlich verrückt geworden. Vielleicht hatten Kinder sie in Gang gesetzt— vielleicht auch nicht.

Je weiter er den Fluss entlangging, desto ärmlicher sahen die Häuser aus. Hinter einigen verdreckten Fensterscheiben verbargen sich kleine Geschäfte. Über einem dieser Fenster hing ein Schild: *Shoe-Store*. Er blieb stehen und betrachtete die Auslage. Vor leeren, vergilbten Schuhschachteln stand ein Paar dunkelbrauner Herrenschuhe. Dahinter hing ein Blumentopf von der Decke. Die Blumen gelb und trocken. Im Hintergrund brannte eine nackte Glühbirne. Weiter, sagte er sich, weiter, nur nicht stehenbleiben.

An der Ecke war ein Pub. Er ging hinein, trank einen Whiskey, bezahlte und stand wieder draußen auf dem schmalen Bürgersteig. Neben ihm zischten Autos vorbei, zweispurig, zielbewusst. Mit ein paar Sprüngen war er auf der kleinen gusseisernen Brücke, die über den Liffey führte. Hinter ihm wütendes Hupen, ein unflätiger Fluch. Sein Blick fiel auf das Wasser und seine gekräuselten Wellen. In ihnen spiegelte sich der Himmel dunkel wider. Wind blies ihm ins Gesicht. Und wieder der Eindruck, der Fluss flösse bergauf.

Er überquerte ihn, niemand begegnete ihm auf der Brücke. Auf der anderen Seite des Flusses das gleiche Bild: graue Häuser, verkommen, verschmutzt, verlassen. Vor seinen Füßen flatterte eine Zeitung über den staubigen Gehweg. An einem dürren Bäumchen blieb sie hängen. *Irish Times* stand in großen Lettern auf ihr. Er trat sie mit einem Fußtritt ins Wasser. Der Wind spielte kurz mit ihr, bevor er sie aufklatschen ließ.

Seine Gedanken wanderten umher, ziellos, er war hier und doch schon nicht mehr hier. Er ging, er schlenderte, Gedanken nachhängend, am Ufer des Liffey entlang. Über dem Wasser roch es nach gebranntem Malz, zur Rechten ragte eine Kirche steil in den zugezogenen Himmel. Er ging zu ihr hinüber, wollte sie betreten, fand sie verriegelt. Er setzte seinen Weg fort und hielt seine Augen fast geschlossen, sah blühende Blumen, frisch angestrichene Parkbänke, lachende Gesichter ...

Plötzlich waren sie da! Er hatte sie kommen sehen,—doch er begriff nicht! Sie standen vor ihm, schwankend, taumelnd, mit glasigen Augen, die Hände vorgestreckt,—doch er begriff nicht! Er sah kleine, entzündete Punkte in den Unterarmen des Mädchens vor sich, sie waren mit einem löchrigen Wollschal nur notdürftig verdeckt,—doch er begriff nicht!

Zuerst baten sie, tasteten sie, dann verlangten sie, zerrten sie—ihre Hände fuhren in seine Taschen, ihre Hände griffen ihn an, von hinten, von vorne, von beiden Seiten, während seine Augen auf das Mädchen vor ihm starrten, auf ihr rotfleckiges Gesicht, ihre stumpfen Augen, ihre hohlen Wangen, ihren vereiterten Mund, ihr strähniges Haar und wieder ihre zerstochenen Unterarme.

"Geld!" keuchte es von allen Seiten. "Geld!" "Geld!" "Gib uns Geld!" Er riss seinen Blick von dem fleckigen Mädchen vor sich los und wehrte die andern beiden ab. "Ich gebe ja", schrie er und fasste in seine Taschen. Er gab ihnen, was er fand, es waren nur Münzen, Kleingeld. Sie rissen es an sich und bestürmten ihn von neuem, dieses Mal noch heftiger, noch verlangender, wobei sie wie im Rausch taumelten. Ihre Augen grau und stumpf. Er gab erneut, griff in seine Taschen und schleuderte Kleingeld auf die Straße, auf den Gehweg, schleuderte es weit weg von sich. Die drei Mädchen stürzten sich sofort auf die Münzen, sammelten sie auf und liefen so schnell wie sie gekommen waren in den dunklen Hauseingang zurück.

Er ging weiter, zitternd, verstört. Von Zeit zu Zeit blickte er zurück. Die Mädchen hockten auf den Stufen des Hauseingangs und zählten das Geld. Aus der Ferne sahen sie dunkel aus, und träge, wie schwarze Raben—oder Kinder, die ihre Köpfe zusammengesteckt hatten, um ein Spiel zu beraten.

Quem deus

Im Jahre 1991 ereignete sich in dem mittelrheinischen Städtchen B. eine höchst eigenartige Geschichte, welche die ganze Stadt in Aufregung versetze. Man hatte beim Ausbaggern für ein Parkhaus die außergewöhnlich gut erhaltenen Überreste eines römischen Kastells freigelegt. Der aufsehenerregende Fund wurde von den Bauarbeitern an die höchsten Stellen im Stadtrat weitergeleitet, und dort beschloss man sofort, die Bauarbeiten bis aufs weitere stillzulegen. Der Bürgermeister forderte ein Gutachten an, die Presse und das Fernsehen berichteten vom Fund, die drei Bauarbeiter, ein Hans P., ein Max H. und der Lehrling Fritz, die das Finderglück gehabt hatten, wurden mehrfach interviewt, und ihre Photos erschienen auf der Titelseite der größten Lokalzeitung.

Im Städtchen B. machte sich in den folgenden Tagen und Wochen eine solch stürmische Nachfrage für alles Römische und Antike breit, dass im städtischen Gymnasium Abendkurse für Latein angeboten werden mussten. Damit nicht genug, in den Konditoreien und Cafés trank man nur noch Espressi und Capucchini, und statt Sahnetörtchen löffelte man mit verzückten Augen Tiramisu. Die Jugend fand sich zu samstäglichen Bacchanalien an den Ufern des Rheins zusammen und bald schon machte das Gerücht die Runde, dass der Stadtrat eine Städtepartnerschaft mit Rom ins Auge fasse; kurz: die Stadt fieberte im Glanze ihrer Geschichte und nicht wenige Bürger fühlten sich—direkt oder indirekt—als die stolzen Nachfahren der großen Römer.

Zwischenzeitlich genossen die drei fündig gewordenen Bauarbeiter ihren Ruhm, denn ihre Popularität war derart angestiegen, dass sie Interviews nur noch gegen hohe Summen gaben. Dann geschah eines Tages etwas völlig Unerwartetes, das in den folgenden Tagen die Stadt in Atem hielt. In einem dieser hochdotierten Interviews—es handelte sich um eine bekannte Talk-Show—gestand der Lehrling Fritz, dass er und seine Kollegen Hans und Max bei den Ausgrabungen eine Schatulle gefunden hätten. Bohrendes Nachfragen von Seiten des Talk-Masters ergab, dass sich in der Schatulle eine Papierrolle befand, auf der nur ganze drei Sätze ständen. Der Talk-Master veranlasste sofort, dass diese Schatulle herbeigeholt wurde—und zwar noch während der Sendung—und dass jene drei geheimnisvollen Sätze dem Publikum—noch an diesem Abend, wie er immer wieder betonte—offenbart werden sollten.
Gesagt, getan.

Eine Polizeistreife jagte mit Blaulicht und Sirenengeheul zum Hause des Lehrlings, holte die Schatulle, die unter seinem Bett versteckt war, hervor, beruhigte die völlig aufgeregten Eltern, die von nichts eine Ahnung hatten, raste wieder zurück zum Studio und überreichte sie dem Talk-Master, der sie aufmachte und dem vor gespannter Erregung zitternden Publikum vorlas.
"Quem Deus perdere vult, dementat"
"Quem Dii diligunt, adolescens moritur"
"Quem Dii oderunt, paedagogum fecerunt"
Die anfängliche, allgemeine Verblüffung wich einer nachfolgenden Ratlosigkeit, die aber gottseidank durch das herzhafte Eingreifen des zufällig unter den Zuschauern weilenden Lateinlehreres des städtischen Gymnasiums

überwunden wurde. Er nahm die Papierrolle, schaute einmal kurz auf die Sätze und las dann mit fester Stimme vor:
"Quem Deus perdere vult, dementat." Das bedeutet: "Wen Gott verderben will, dem nimmt er den Verstand."
"Quem Dii diligunt, adolescens moritur." Dieser Satz bedeutet: "Wen die Götter lieben, der stirbt als Jüngling", wobei seine Blicke unwillkürlich zu dem Lehrling glitten, der einen Todesschreck bekam und zusehends bleicher um die Nasenspitze wurde.
"Quem Dii oderunt, paedagogum fecerunt." Das heißt: "Wen die Götter hassen, den machen sie zum ...", hier zögerte der Lehrer ein wenig, "... den machen sie zum Philosophen."

In den nächsten Tagen ereigneten sich dann auch in rascher Abfolge die denkwürdigen Dinge, von denen wir eingangs sprachen. Man berichtete, dass der Bauarbeiter Hans P. dabei gesehen worden war, wie er, als Kaiser Nero verkleidet, durch die Stadt gelaufen sei und jegliche Fragen nach seinem Tun mit einem kaiserlichen Kopfschütteln abgewehrt hatte. Er sei, so der verstörte Mann, auf dem Weg ins Collosseum, wo er die Spiele eröffnen müsse.

Der Lehrling Fritz hatte sich von seinem Schrecken nicht mehr erholen können und verblich zum Entsetzen der ganzen Stadt im blühenden Alter von 17 Jahren.
Max H., der dritte im unglücklichen Bunde, war plötzlich wie vom Erdboden verschluckt und man munkelte noch nach Monaten, dass er in einem kleinen Dorf, im Bayerischen Wald, ansässig geworden sei, wo er sich Aristoteles nenne, ausschließlich von magischen Pilzen und

Zartbitterschokolade ernähre und sich mit den philosophischen Aspekten postmoderner Geschwindigkeitstheorien befasse.

Und was, so fragt sich der sprachkundige Leser, geschah mit dem Lateinlehrer, der im dritten Satz das Wort "paedagogum" mit "Philosophen"—anstatt mit "Lehrer"— übersetzt hatte, wissentlich natürlich, wie wir annehmen dürfen? Nun, er unterrichtet weiterhin Latein am städtischen Gymnasium in B.—aber in seinen Augen liegt seit jenen Tagen die stille Heiterkeit des Weisen, dem sich die Götter nach langem Ringen endlich offenbart haben.

Totenwache

Langsam, ganz langsam habe ich mich an diese Nacht herantasten müssen. Die Kerzen wurden angezündet—nicht zu früh; die Weinflasche geöffnet,—nicht zu spät, nicht zu spät!
Es war nicht leicht, das Kaminfeuer anzuzünden. Stets hat der Wind es mir ausgeblasen.
Der Winter ist in diesem Jahr besonders kalt.
Sehr kalt.
Jede Nacht gab es Frost und das schon seit Wochen und Monaten,—aber das wissen Sie ja alles selber. Die Tage sind so kurz, dass die Sonne die Straßen und die Stadt, und die Häuser in der Stadt nicht mehr erwärmen kann.
Die Menschen sprechen schon lange nicht mehr miteinander, es scheint, als ob die Wörter diese eisige Luft nicht durchdringen könnten. Schweigen, es regiert das Schweigen in den Straßen und Gassen.
Schweigen, verstehst du? Überall ist Schweigen. Mit dem Frost kam das Schweigen ...
Gestern—oder war es vorgestern?—ich kann mich nicht mehr erinnern—da sprachst du zu mir. Du nahmst mich bei der Hand und führtest mich ans Fenster. Du zeigtest zum Horizont, dort, wo die Berge stehen, bedeckt mit Eis und Einsamkeit.
Sehen Sie die Sonne? fragtest du mich. Ich war deinem ausgestreckten Finger gefolgt, bis meine Augen die Berge in der Ferne erreichten.
Ja, hatte ich dir geantwortet, ich sehe die Sonne.
Du hattest gelächelt, nur einen Moment lang. Deine Augen hatten geleuchtet,—dann wandtest du dich ab. Deine Stimme klang traurig: Aber dort bei den Bergen scheint

doch gar keine Sonne, Lichtenberg, hattest du geflüstert, es gibt keine Wärme mehr. Sie tun schön mit mir.
Ich habe das Zimmer für dich geheizt, meine liebe Maria. Schau, das Feuer prasselt im Kamin und die Kerzen erleuchten den Raum. Ich habe die gelbe Kerze für dich angezündet. Erinnerst du dich? Du liebtest ihren Duft. Die Kerze erinnert mich an eine Wiese voller Blumen und Bienen und Schmetterlinge, hattest du einmal ausgerufen, und: sie birgt in sich den Duft und die Heiterkeit des Frühlings. Erinnerst du dich noch, meine Liebe, erinnerst du dich noch?
Und gedenkst du der Tage, an denen wir Hand in Hand über die Felder und grünen Wiesen liefen, die Berge hinauf, und unter unserem Haselnussbaum ausruhen und anschließend das kühle Wasser des Flusses tranken?
Ja, du erinnerst dich. Diesen Ausblick werde ich niemals mehr vergessen. Ja, das waren deine Worte, als wir auf der Bergeshöhe standen und das Land unter uns liegen sahen, das sanfte Land mit seinen weiten Tälern und glänzenden Flüssen, dunklen Wäldern und wolkenumspielten Gipfeln. Es war Sommer damals und die Welt schien voller Glück zu sein. Eine rosige Zukunft liegt vor uns, hattest du gelacht, rosig und voller Überraschungen.
Am selbigen Tage hattest du mir gesagt, dass du mich liebst. Erinnerst du dich noch? Natürlich erinnerst du dich! Es war dein Geburtstag, dein siebzehnter Geburtstag; und wir entschlossen uns, zu heiraten.
Du hättest meine Kollegen von der Universität hören sollen, als ich ihnen erzählte, dass ich dich heiraten würde. Lichtenberg, riefen sie, Sie müssen verrückt geworden sein! Sie ist doch erst vierzehn! Sie könnten ihr Vater sein. Aber Lichtenberg, so seien Sie doch um Gottes Willen

vernünftig! Denken Sie an Ihren Ruf, Ihre Karriere, sie ist doch noch ein Kind! Göttingen braucht Sie!
Die Zukunft schaut rosig aus, du hattest recht. Mein Leben war plötzlich wieder hoffnungsvoll und ich fühlte mich stark und war selbstbewusst,—ja, auch das, selbstbewusst. Ich wusste, was ich zu tun hatte. Ich wollte mein Buch zu Ende schreiben und glaube mir, ich konnte wieder schreiben wie ein Engel. Die Wörter flogen mir nur so zu und mein Kopf war so klar wie ein Kristall.
Und du warst der Grund ... Hast du das jemals verstanden? Und dann.
Ich weiß nicht, wie es geschah! Ich weiß nicht einmal, was überhaupt geschah! Aber plötzlich warst du so still, so unheimlich still.
Mich friert immer, Lichtenberg, hattest du gesagt. Und dann hast du das Haus nicht mehr verlassen, und dann hast du nicht mehr so gelächelt, wie früher, und deine Augen ... was ist mit deinen leuchtenden Augen geschehen?
Was ist denn überhaupt mit dir geschehen?
Die Kerze flackert, ja, die gelbe, die aus Bienenwachs, deine Lieblingskerze. Wenn sie abgebrannt ist, muss ich ...
Ja, es schneit,—nein, nicht zu stark, die Schneeflocken fallen sanft und leise; ja, ich kann sie von meinem Stuhl aus sehen. Hörst du? Der Nachtwächter macht seine Runde. Kannst du seine Stimme vernehmen? Kannst du seine Schritte auf dem Schnee knirschen hören?
Die Kerze flackert, doch keine Angst. Du wirst grüne Wiesen sehen und Blumen und Schmetterlinge. Du wirst immer dort sein, zwischen blühenden Blumen und bunten Schmetterlingen, und es wird immer Frühling sein, und die Sonne wird immer scheinen für dich ... immer.

Die Kerze ... Es ist Zeit für mich, Zeit, zu gehen, Zeit, Abschied zu nehmen. Sorg dich nicht um mich. Mir bleibt die Erinnerung, mir bleiben die Träume.

Kalifornischer Winter

Sarahs Auge wandert: Fläche Kälte Schwere
Reflexionen überall Reflexionen
Sarahs Auge sucht nervös Ruhe und Sarah findet nur
Bedrohung und Angst bis Sarahs Auge einen Punkt erreicht
Endlich es ist ein Spitzpunkt endlich und Sarahs Auge streichelt
Diesen Spitzpunkt endlich und seine Schärfe und Sarahs Auge umschmeichelt diesen Punkt der in die Luft sticht hoch hinaus in die
Luft und ihr Auge folgt der Nadel und springt dann ab:
In diese grauenhaft schöne Wüste ...

Dort ist der Ozean, dort, Sie können ihn gar nicht verfehlen, gehen Sie ruhig geradeaus, nach Westen, immer nach Westen.
Das Auto fährt davon.
Der Mann, der fragte, fragte, weil er seine Orientierung verloren hatte, fährt davon. Richtung Westen, dorthin, wo die Sonne im Meer versinkt, rot und prall, dorthin, wo die Träume aufsteigen und sich die Hoffnung in den Gesichtern der Menschen eingenistet hat, dorthin, nach Kalifornien, wo die Sonne immer im Meer versinkt und nachts die Sterne leuchten ...
Hier ist Sarah, hier, im Westen, im westesten Westen.
Der Himmel ist außerordentlich blau, das Licht ist sanft und perlt über die Haut, die Gesichter. Über dem Wasser liegt ein Streifen, dick, gelblich, grünlich, beizend, und Sarahs Augen brennen, aber das Gras ist grün, und Sarahs Kopf will vor Schmerzen platzen, aber der Sand ist weiß, und Sarahs Brust erbricht braunen Schleim.

Vorsicht: Verseuchtes Wasser!
Zwischen Sarah und dem Schild schlüpft ein Mann durch den Augenraum, er trägt eine Gitarre auf seinem Rücken und summt ein Lied, das Sarah irgendwo gehört hat, irgendwann, in früheren Zeiten, vor Jahren, als alles noch einfacher war, und seine Sonnengläser schauen nach ihr, nur einen Augenblick lang, kein Zweifel, der Mann schaut zu ihr herüber, kein Zweifel, doch von ihm geht ein unangenehmes Schweigen aus, kein Zweifel, zwischen ihnen ist nichts, absolut nichts, wird nichts sein, denn nicht einmal
ein Gruß überbrückt die zwei Welten, nicht einmal mehr ein Gruß.

Es ist Winter. Die Straßen sind dekoriert und erleuchtet. Sarah geht die Straße runter, langsam, die Straße runter, nur mal die Straße runter, tanzend, hüpfend, singend, Schritt für Schritt, Schritt, für, Schritt, lang, sam, rechts, links, rechts, links, links, links, rechts, links, links, links, rechts, links, Musik, rechts, Musik, links, Musik, hämmernd, dröhnend, peitschend, sägend.
Sarah schwingt sich über die Kreuzung, sieht rot und sieht grün, streift mit ihrem Ärmel ein Kind, wählt unter einunddreißig Geschmackssorten ein Eis, dankt mit einem Lächeln, denkt: der Junge hat ja wilde Augen. Sarah nimmt das Hörnchen aus seiner schmalen Hand, hält es hoch, hält es umschlossen, Sarah beginnt langsam zu lutschen, seine Augen treffen Sarahs Mund, folgen ihrer Zunge, die das tropfende Eis auffängt, Sarah legt Geld auf die Theke, steht wieder draußen.
Auf der Straße flackern die Lichter. Neon. Licht, das von der Straße in Sarahs Augen springt, hin und her, hin und her, und keine Schatten wölben sich zwischen Sarah und

der Straße. In der Ferne kann Sarah eine Glocke läuten hören, und Sarah denkt daran, dass es Weihnachten ist, und vor ihr steht ein Mann an der Ecke, rot und weiß, rot und weiß, mit einer kleinen goldenen Glocke in der Hand, läutend, Sarah ist gerührt, Sarah schmeißt ihm einen Groschen in die Mütze, und empfängt seinen Segen dafür, und Sarah verlangt plötzlich ihr Geld zurück, und der Gottesmann lächelt Sarah an, und leutet die Glocke erneut, lauter als vorher, und Sarah schreit ihn an, er soll ihr gefälligst das Geld wiedergeben, und die Leute sammeln sich um Sarah und den Mann, sie starren Sarah an, sie starren und starren, böse, und als sie beginnt, den Mann zu schlagen, zu schlagen und zu treten, stürzen sie sich auf Sarah, und während Sarah in die Menge hineinschreit, er solle kämpfen, er, der Mann mit der Glocke und dem Lächeln, er, der Geldeinsammler, der Soldat Gottes, schlagen sie auf sie ein mit einer Lust, die gespenstisch wirkt.

Wie Nebel, dick, wie Nebel, nass, schwer, dicker, gelber Smog. Wir stehen darin, laufen dagegen, jeden Tag, dagegen, jede Stunde, jede Minute, Sekunde, laufen dagegen, die Wand, laufen gegen die Wand, und jedes Mal fügen wir uns Schmerzen zu, und jedes Mal werden die Schmerzen größer, und unser Verstand denkt, und alles verliert sich im Unbekannten, während wir Gedankenspiele spielen, während wir Kriegsspiele spielen. Auschwitz, Dresden, Hiroshima, Vietnam, Afghanistan ... das ist doch erst der Anfang, der Anfang!
Haben wir es nicht inzwischen mit zwei Sonnen zu tun? Mit tausend Sonnen?
Wenn die Sonne langsam im Westen versinkt und kurz darauf wieder aufblüht... bricht heiß der Wind an Deiner

Lippe...zerschmelzen mit Deinen Augen die aller-letzten Träume... flackern hinter Dir auf der endlosen Straße die Gesichter auf. Reihenweise...
Wir sitzen matt vor der Scheibe: Die Stimme, die Gesichter, das Gesagte: Hohlflächig.
Bläulich schimmernd.
Das Gesprochene wider das Gemeinte. Falschheit, erbärmliche—erbärmliche Feigheit. Während man im blauen Flackerlicht vor sich hindämmert.

Der Himmel ist blau, viel Licht schwebt in der Luft, frisch, hell, beinahe silbern. Der Ozean spiegelt den Himmel wider. Der Schnee auf den Bergen ist schneeweiß. Zu Sarahs Linken erstreckt sich ein Garten, in ihm blühen Rosen. Rosenrot. Sarah geht zum Meer, riecht den Duft der blühenden Büsche, sieht die Küste, die Steine, den Sand, das Gras.

Venice, California. Durch die Straßen weht Wind, treibt Papierfetzen vor sich her, und weiß auch nicht recht, was er mit sich allein anfangen soll. Die "Rose" ist geschlossen, gegenüber leuchtet die Neonschrift einer Eisdiele. Innen ist alles kalkig weiß, die Gesichter sehen krank aus, ein Wahnsinniger spielt mit zwei Löffeln auf einer Untertasse, Sarah kauft Eis, leckt daran, verlässt den Laden und schmeißt es gegen eine Hauswand. Ekel steigt in Sarah hoch, Autos jagen vorbei, aus den geöffneten Wagenfenstern dröhnen die Lautsprecher, wilde Rufe werden ausgestoßen, eine Frau entblößt ihre Brüste und schreit dabei, andere lachen, Sarah geht mit den andern zum Wagen zurück, sie setzen sich auf den Rücksitz, das Radio wird eingeschaltet, jemand öffnet eine Flasche Jack Daniels, Sarah trinkt, jemand reicht weißes Pulver, Sarah schnupft, jemand greift Sarah zwischen die Beine, jemand küsst Sarah auf den Mund, jemand greift ihr an die Brust, und Sarah greift und küsst, streichelt und umarmt, und dann fahren sie los, über die Autobahn, von einer Spur zur andern, und die Flasche wandert herum, und neues Pulver wird gereicht, Sarah trinkt und schnupft, das Radio peitscht Musikfetzen ins flackernde Dunkel, und schneller geht die Fahrt, Sarah fühlt die Arme an ihrem Körper, fühlt die Münder, spürt den Atem in ihrem Gesicht, in ihrem Nacken, an ihrem nackten Bauch, Lichter huschen draußen vorüber, Autos rasen vorbei, Schilder tauchen auf und verschwinden wieder, Sarah starrt in die Nacht, gibt nach, öffnet sich, umfasst, presst sich gegen einen warmen Bauch, zieht ihn an sich, küsst einen Mund, schlingt ihre Arme um einen Rücken,—und verliert sich in dieser heißen Welle, die ihren Körper durchströmt, lässt sich treiben, lässt sich langsam hinuntertreiben, den Fluss entlang, dem Meer zu, dorthin, wo es ruhig und still wird, ruhig und still ...

Es einreißen? Was? Wir können es doch noch nicht einmal sehen! Es ist wie Nebel. Versuche es anzufassen! Versuche es! Versuche es zu verstehen! Können Sie es sehen? Und verstehen? Ja, es ist da. Bestimmt. Da und dort, auch hier, besonders hier, es ist einfach überall. Wir können es aber nicht fühlen, nicht fassen, es ist nicht greifbar, aber es ist da, wir wissen, dass es da ist. Gleichzeitig ist es nirgends. Weil es auch nirgends ist, schließen wir unsere Augen und unsere Ohren und unsere Münder, während die Mörder morden, die Diebe stehlen, die Vergewaltiger vergewaltigen, die Politiker stehlen und morden und lügen und lügen lassen und morden lassen und stehlen lassen und vergewaltigen lassen und quälen lassen. Jeder glaubt an seine Herrlichkeit im Glanze der heraufkommenden Katastrophe. Alle haben den Faden verloren und klammern sich zerstreut an sich fest. Sarah sieht Eisblumen auf ihrer Haut blühen.

Hoch oben in den Lüften—hoch oben, dort lebt ein Paar— hoch oben in einem Haus, einem Traumhaus, gebaut auf Hoffnungen und noch mehr Hoffnungen. Die Häuser sind hell erleuchtet, sie strahlen wie Christbäume, vor ihnen glänzen Limousinen, eine Garde Palmen steht Wache, man trinkt weißen Wein aus großen Gläsern, das Lachen klingt beschwingt, die Pupillen sind riesengroß und funkeln, man redet, aber man sagt sich nichts, nichts, selbst den Namen hat man nach einer Minute schon wieder vergessen, aber die Worte flattern wie wildgewordene Schmetterlinge im Raum umher.

In einer Seitenstraße, hinter überquellenden Mülleimern, liegt ein betrunkener Mann, er hat sich erbrochen, er stöhnt, ein kleines Mädchen auf einem Fahrrad betrachtet den zusammengerollten Mann aufmerksam, dann verschwindet es in der gegenüberliegenden Bäckerei.

Sarah konnte die Kirschbäume sehen, sie standen nur ein paar Meter weit von ihr entfernt. Sie sauste mit dem Fahrrad den Berg hinunter, rechts die Kirschbäume, rosa und weiß, es war eine Höllenfahrt, so schnell trat sie in die Pedalen, rot und weiß, links der blaue Himmel und das grüne Tal im Frühling, die Vögel zwitscherten, dass es eine Wonne war, die Luft prickelte im Gesicht, es war eine Lust zu leben, fahr schneller, du bist schon wieder zu spät, sagte ihr Kopf, beeile dich, du kommst sonst zu spät, aber die Fahrt wollte einfach kein Ende nehmen, es gab so viel zu sehen unterwegs, hier glänzte ein Dach in der heraufkommenden Sonne, dort lag ein bunter Garten, und wieder hier lachte ein Mund für einen Augenblick, und wieder dort wurde ein Fenster geöffnet, fahr schneller, sagte der Kopf, du kannst noch schneller fahren, aber Sarah will nicht, sie würde lieber sterben, jetzt, in diesem Augenblick, wo das Leben so schön ist,—endlich war sie da, endlich stand sie in der Bäckerei, wo schon alles fleißig arbeitete, es war heiß vor den Öfen, knete den Teig, hieß es, knete den Brotteig, du Bastard, knete den Teig, Bastard, schon wieder zu spät, knete, schneller, knete den Teig, du verkommenes Subjekt, knete ihn langsam, du Mensch, knete den Teig, mache ihn sanft und geschmeidig, knete, bis dass dein Gesicht glänzt, vor Schweiß, knete, knete ihn ordentlich, du verschlagenes Stück, knete und knete, bis dass du deine Mutter verfluchst, knete und knete, bis dass du deinen Vater verfluchst, du Miststück, knete, bis dass du die ganze Welt verfluchst, knete, Bastard, knete den Teig, mache unser Brot gut, mache gutes Brot, gib uns deinen Schweiß, knete ordentlich, gib uns das Brot, das tägliche Brot, gib uns unser tägliches Brot, gib uns unser tägliches Brot, gib uns ... gib! gib! gib!

Sarahs Augen sehen Wasserschatten. Sie kann sich in ihnen sehen. Die Nachttaucher verschwinden in der Tiefe, vom Meer her weht frischer Wind. Die Sterne sind weit weg. Das Gras ist feucht, Sarah umarmt den fremden Mann, Sarah lacht mit ihm, sie streichelt ihn, Menschen gehen vorüber, Stimmen dringen an ihr Ohr, die Taucher leuchten mit Taschenlampen den Grund ab, die Gischt ist salzig, ihre Hände sind warm und trocken, der Himmel ist so dünn über ihnen, sie legen sich nebeneinander und starren in die Unendlichkeit, vielleicht werden sich dort oben ihre Träume treffen ...

Hollywood. Zwischen Weihnachten und Neujahr. Freitag, acht Uhr abends. Die Häuser sind illuminiert, die Palmen verbeugen sich vor Sarah, weißbefrackte Diener reichen Weißwein, Autos schnurren heran, in der Ferne summt der Verkehr auf den Autobahnen, die Los Angeles heißen. Janet Williamson begrüßt Sarah mit einem Lächeln, sie sprechen miteinander, dann gehen die Lichter aus und Robin tritt auf, er singt, erzählt, spielt auf zwanzig Instrumenten, eine andere Welt taucht vor Sarahs Augen auf, sie ist vertraut, heimelig, eine ruhige, freundliche Welt in der die Füchse sprechen und die Marder schlau sind, Robin spielt, und er füllt den Raum mit den Farben der Heide, dem Geruch der Moore, dem Rauschen des Meeres, Sarah trinkt Guinness und lauscht seiner schönen Stimme.

Sarah lächelt in sich hinein, sie möchte den Himmel küssen und den Mond umarmen, die Straße ist vereinsamt, sie geht langsam durch die Nacht, irgendwo heulen Polizeisirenen, ein Wagen jagt vorbei, Sarah kümmert sich nicht darum, sie geht hinunter zum Meer, sie kann es schon von weitem hören, sein Rauschen schwillt an und wieder ab, hinter dem Busch steht ein Schatten, ein Messer blitzt auf, Sarah schaut zu den Sternen hinauf, sie atmet die Nachtluft tief ein, ihr Kopf ist klar und frei, das Messer hebt sich ein wenig,—bleibt dann einen Moment lang in der Luft stehen...

Neuschnee

Als er das Haus verließ, begann es leicht zu schneien, und er freute sich darüber, denn in den letzten Tagen hatte Tauwetter den weißen, kalten Zauber in schmutziges Grau verwandelt. Vielleicht gibt es ja wieder so viel Schnee, dass ich mit dem Schlitten fahren kann, dachte er, auch könnte ich dann endlich meine neuen Gleitschuhe ausprobieren.
Die Gleitschuhe hatte er nach vielem Betteln zu Weihnachten bekommen, und er wartete sehnlichst darauf, mit ihnen die Straßen entlangschlittern zu können. Prüfend schaute er deshalb noch einmal in die Luft. Schwer hingen die Wolken unter dem Himmel, der Wind war auch merklich kühler geworden. Auf seiner herausgestreckten Zunge zerschmolzen schnell die kleinen Schneeflocken. Sie schmeckten kalt und wässrig.
Vergnügt machte er sich auf den Weg zur Schule. Heute war Freitag, und in fünf Stunden würde die Schule vorbei sein. Fünf lange Stunden noch, dachte er, und unwillkürlich begann er, sie an den Fingern abzuzählen. Nur jetzt nicht daran denken, dachte er wieder, lieber sich auf das Wochenende freuen, und den Schnee, und die neuen Gleitschuhe, und den Schokoladenpudding mit Schlagsahne, den die Mutter sonntags immer kochte.
Den Weg zur Schule war er hundert Mal oder vielleicht schon tausend Mal gegangen, er wusste es nicht so genau. Er mochte den Weg, denn er lud zum Träumen ein; und heute bereitete ihm das Laufen durch den immer stärker werdenden Schneefall eine ganz besondere Freude. Als der Weg ein wenig bergab ging, versuchte er zu schlittern, aber es war noch zu früh, unter seinen Füßen knirschte der Sand,

und er stolperte. Auf den Spitzen eines grüngestrichenen Gartenzauns blieb der Schnee bereits liegen und bildete kleine, weiße Häubchen. Er konnte nicht widerstehen und bließ den Schnee von jeder einzelnen Zaunlatte herunter. Dann wartete er, bis sich wieder weiße Häubchen gebildet hatten. Doch diesmal ließ er sie in Ruhe. Auf der Dachrinne eines Hauses saßen ein paar aufgeplusterte Spatzen. Er strich etwas Schnee zusammen und formte daraus einen lockeren Schneeball. Der Ball traf zwar die Rinne, aber die Spatzen rührten sich nicht vom Fleck.
Die sind frech, dachte er im Weitergehen. Seine Schuhabdrücke waren auch schon fast wieder zugeschneit. Schnell lief er zurück und versuchte, in seine eigenen Fusstapfen zu treten, aber es gelang ihm nicht ganz. Die nächsten Schritte schlurfte er und hinterließ so eine Spur wie von zwei Rädern—dadurch wollte er seine Feinde, die ihm immer auf der Fährte waren, verwirren—, dann drehte er sich herum und ging ein paar Schritte rückwärts, das würde sie ganz konfus machen, dachte er; und plötzlich wünschte er sich, dass seine Fusspuren einfach aufhören würden ...
Er drehte sich wieder um und schaute zu den Wolken hinauf. Der Himmel war ganz dunkelgrau und voller Schnee. Lange konnte er die Augen nicht aufhalten, denn die Schneeflocken ließen seine Augen zusammenzucken. Mit geschlossenen Augen stand er lange da. Der Schnee schmeckte diesmal süß. Aus der Ferne wehte leise Kindergeschrei zu ihm herüber. Er lächelte, denn ihm war, als schwimme er in einem Meer aus Schnee.
Plötzlich fuhr es ihm durch den Kopf: das ist der Schulhof. Er schloss die Augen noch fester und der Schnee schmeckte mit einem Mal noch süßer. Die Schule hatte angefangen, dieser Gedanke kroch jetzt langsam in seine Glieder, und

ihm wurde heiß dabei. Wenn ich jetzt fliegen könnte, dachte er, wenn ich doch jetzt fliegen könnte! Keiner würde etwas merken, er wäre mit den anderen pünktlich in der Klasse, er hätte nicht auf dem Schulhof gefehlt, wo sich die Klassen immer in Reih und Glied aufstellen mussten. Jetzt würden seine Klassenkameraden sicher Ausschau nach ihm halten und sich fragen, wo er schon wieder sei, und der Lehrer würde fragen, wer denn heute wieder fehlte, und alle würden dann seinen Namen rufen, und der Lehrer würde fragen, ob jemand wüsste, warum der Kerl fehlte, und alle würden sie nur den Kopf schütteln.

Seine Augen öffneten sich langsam. Die Schulglocke hatte angefangen zu läuten. Selbst wenn er rennen würde—es wäre aussichtslos. Er war zu spät! Jeder Glockenton bestätigte es ihm. Er war zu spät! Wieder einmal zu spät! Wie sollte er es diesmal dem Lehrer erklären? Er wollte doch nicht immer lügen. In seinem Kopf drehte sich alles, und so schnell er konnte, lief er los. Irgendeine gute Ausrede musste ihm unterwegs einfallen. Aber je mehr er nachdachte, desto schlechter fand er seine Einfälle, deren Vor- und Nachteile er in Windeseile abwägte. Nichts klang ihm überzeugend genug, und seinen Vorrat an guten Ausreden hatte er schon längst aufgebraucht.

Endlich lag der Schulhof vor ihm. Er fiel in einen leichten Trab, um sich abzukühlen. Es war, wie er es erwartet hatte. Der Schulhof war leer, kein Mensch war weit und breit zu sehen. Er blieb stehen und wartete. Vielleicht kommt ja noch einer zu spät, dachte er, vielleicht bin ich ja doch nicht der einzige. Aber jede Sekunde, die er wartete, machte ihn nur noch unglücklicher, obwohl im Warten zugleich seine einzige Chance lag. Endlich gab er es auf. Der große Schulhof blieb leer, nur der Hausmeister hatte begonnen, die Mülltonnen an den Straßenrand zu stellen. Danach fegte er den Schnee von der Schultreppe und streute Sand. Ab und zu sah der Hausmeister zu ihm her. Dieser kannte ihn natürlich, denn er hatte einmal spaßeshalber mit ein paar andern bei ihm abends an der Haustür geklingelt und war dabei erwischt worden. Wenn er doch Schmerzen hätte oder sonst etwas Dramatisches! Vorsichtig biss er sich auf die Unterlippe. Vielleicht könnte er sagen, er sei gestürzt, weil es so glatt war, und er hätte Blut verloren und wäre dann ohnmächtig geworden.

Aber die Lippe tat ihm jetzt schon weh, obwohl er noch gar kein Blut schmeckte. Vielleicht sollte er humpeln. Ja! Sein Bein war gebrochen. Er war ausgerutscht und sein Fuß war gebrochen. Er hatte den Weg zur Schule mit gebrochenem Fuß gehen müssen. Deshalb war er zu spät gekommen ... Dieser Gedanke gab ihm neuen Mut.

Langsam überquerte er die verschneite Straße, dabei den rechten Fuß hinter sich herziehend. Der Hausmeister schaute nun genauer zu ihm herüber, sogar mit dem Schneefegen hatte er aufgehört. Doch inzwischen fand er die Idee mit dem gebrochenen Fuß nicht mehr so gut, die Konsequenzen waren unabsehbar. Er musste jetzt aber an dem Hausmeister vorbei, der den Besen weggelegt hatte und zögernd auf ihn zukam. Ihm blieb nichts anderes mehr übrig, als mit schmerzverzerrtem Gesicht an diesen widerlich neugierigen Augen vorbeizuhumpeln.

"Ist irgendetwas? Kann ich dir helfen?"

Dankend wehrte er das Hilfsangebot des Hausmeisters ab.

"Nein, ich schaff' es schon noch", presste er durch die Lippen und ließ erleichtert die schwere Schultüre hinter sich ins Schloss fallen.

Jetzt gab es kein Zurück mehr. Nach ein paar Treppen, die er im Dauerlauf nahm, stand er vor dem Klassenzimmer. Er starrte auf die Türklinke. Die monotone Stimme des

Lehrers und das unruhige Rascheln von Papier waren deutlich zu vernehmen. Mit angehaltenem Atem drückte er die Klinke nieder.
Warmer Mief schlug ihm entgegen. Vierzig Köpfe drehten sich in seine Richtung, nur der Lehrer sprach weiter. Als auch er zu ihm hinsah, trat Stille in das Klassenzimmer, und ihm war, als ob die ganze Szenerie zu einer Fotografie erstarre. Kein Laut war zu hören, als er sich an der Wand entlangdrückte und auf seinen Platz hockte. Seine Schultasche wagte er nicht aufzumachen, er fürchtete sich vor dem Schnappen des Schlosses. Als er seinen Blick vom Boden nahm, sah er in halber Höhe das hölzerne Lineal in der behaarten Hand des Lehrers. Es peitschte leise die Luft, und schlug ab und zu gegen die Schenkel des Mannes vor ihm. Hinter ihm zischelte es im Klassenzimmer. Mit einem Knall fuhr das Lineal auf die Schulbank.
"Ruhe!" donnerte es. Und dann noch einmal: "Ruhe!"
Das Lineal vibrierte in der behaarten Hand, die kurzen Schläge gegen die Hosennaht wurden stärker.
"Ruhe!" hörte er noch einmal. Danach herrschte Stille.
Nach einer Ewigkeit füllten Worte das Klassenzimmer, Worte, die ihm galten und nach einer Antwort verlangten. Doch was hätte er antworten können? In seinen Ohren rauschte es dumpf. Gebannt starrte er auf das hölzerne Lineal, das zischend die Luft durchfuhr und immer wieder schnappend vom Schenkel des Lehrers abprallte.
"Ist der Herr auch schon eingetroffen?" klang es jetzt in seinen Ohren.
Zögernd nickte er, und hauchte ein "Ja".
"So", ertönte es wieder scharf, "der Herr ist also eingetroffen! Haben Euer Gnaden auch wohl geruht?" triefte es vom Mund des Mannes mit dem Lineal.
"Ja", war die schwache Antwort auch diesmal.

"Das freut uns aber! Das freut uns aber ganz außergewöhnlich! Nicht wahr?"
Dies galt offensichtlich nicht nur ihm, denn die Klasse wurde wieder lebendig, und eine kichernde Zustimmung erfüllte den Raum.
"Nun, der Herr hat einiges von der Mathematikstunde versäumt. Die Uhr zeigt mir dies genau. Und wenn ich mich recht erinnere, gehört unsere kleine Schlafmütze auch nicht gerade zu den Rechenkünstlern dieser Welt."
"Nein", kam es dünn und schwach von seinen Lippen.
"Lauter bitte!" wurde er plötzlich angebrüllt.
"Nein", brachte er halbwegs hörbar hervor.
Und noch einmal fuhr die Stimme ihn an: "Lauter bitte!"
"Nein!" schrie er und rollte sich noch mehr in sich zusammen. Im Klassenzimmer wurde das Zischeln und Rascheln lauter.
"Na, dann müssen wir wohl oder übel heute morgen etwas üben. An die Tafel! Aber ein bisschen dalli, wenn ich bitten darf!"
Mit einem riesigen Satz sprang er vor die blauschwarze Tafel. In seiner Aufregung konnte er zuerst die weiße Kreide nicht finden. Die gutgemeinten Zurufe der Mitschüler aus der ersten Reihe führten ihn nur in die Irre.
"Mach doch die Augen auf!" schallte es durch das Zimmer.
"Vor dir, direkt vor deiner Nase liegt die Kreide", hörte er den Lehrer rufen.
Natürlich, dort lag sie, wie hatte er auch nur so dumm sein können. Er nahm sich ein Stück aus dem Haufen und drehte sich der Klasse zu.
"Vierhundertzwanzigtausenddreihundertachtundsiebzig geteilt durch vier", kam es präzise von der hintersten Bank, worauf sich der Lehrer gesetzt hatte.
Sorgfältig schrieb er die Zahl an die Tafel.

"Größer!" tönte es von hinten erneut, "größer, wir können nichts sehen!"

Mit dem staubigen Lappen, der seitlich hing, wischte er die Zahl wieder aus. Erneut schrieb er die Zahl an die Tafel, dabei zitterte seine Hand leicht. Endlich stand sie an der Tafel. Noch nie hatte er solch eine große Zahl geteilt. Doch bald hatte er den freien Platz neben dem Gleichheitszeichen ausgefüllt. 105094,5 lautete sein Ergebnis, und ruhiger geworden ging er zu seinem Platz zurück.

Auf halbem Wege holte ihn die Stimme des Klassenlehrers ein. "Bist du dir auch sicher?"

Das hatte er nicht erwartet. Ja, natürlich war er sich sicher. Aber sicherlich hatte der Lehrer recht. Es war alles so schnell gegangen, wahrscheinlich hatte er einen Fehler gemacht. Schnell ging er wieder zur Tafel zurück, fuhr mit dem Lappen über das Ergebnis und begann von neuem zu rechnen.

Ein lautes Gelächter brach nun in der Klasse los, doch er verstand nicht warum. Prüfend schaute er an seiner Hose herunter, um zu sehen, ob auch alles in Ordnung sei. Auch draußen war nichts Lustiges geschehen. Es schneite immer noch, und eine Sekunde lang dachte er an Sonntag, und die Gleitschuhe, und an den Schokoladenpudding mit Schlagsahne. Was aber hatte er falsch gemacht?

Während er von neuem zu rechnen begann, rutschte ihm versehentlich die Kreide aus der Hand und fiel auf den Boden. Sie rollte unter die vorderste Schulbank, und als er sie aufheben wollte, wurde sie von einem kleinen, schwarzen Schuh weggekickt. Das Stück Kreide flog in die Ecke, und auf den Knien rutschte er hinterher.

Wieder brach dieses Gelächter hervor, und er fühlte, wie ihm das Blut in den Ohren brannte. Endlich stand er wieder vor der Tafel. Diesmal wollte er es richtig machen. Sein

Ergebnis war aber wieder dasselbe. Neben dem Gleichheitszeichen stand 105094,5. Fragend blickte er dorthin, wo der Lehrer saß. Der hatte die Augen halb geschlossen und schien an dem, was sich an der Tafel abspielte, nicht den geringsten Anteil zu nehmen. Ja, es sah fast so aus, als schliefe er. Nur das lange, hölzerne Lineal, das er mit Daumen und Zeigefinger wippen ließ, verriet, dass er wach war. Endlich knallte er es auf die Schulbank.
"Hinsetzen!" rief er, dabei stand er auf und schritt zur Tafel. Er nahm ein Stück gelbe Kreide und dann noch ein Stück rote Kreide. Mit der gelben Kreide setzte er hinter die Fünf eine Null und dann noch eine zweite Null.
"Bis zur dritten Stelle nach dem Komma rechnen wir hier aus!" rief er. "Drei Stellen nach dem Komma, lautet die Regel. Und die gilt auch für dich! Die Regel gilt für alle!"
Er nahm jetzt die rote Kreide und rahmte mit dicken Strichen die drei Zahlen nach dem Komma ein.
"Merkt euch einfürallemal!" rief er wieder, "man rechnet bis zur dritten Stelle nach dem Komma aus! Nicht bis zur ersten, wie einige hier denken, nicht bis zur zweiten, sondern bis zur dritten! Bis zur dritten Stelle! Verstanden?"
Seine letzten Worte wurden vom Gong des Pausenzeichens leicht übertönt.
Die Klasse nickte und nickte und nickte; und als das Pausenzeichen zum zweiten Mal ertönte, stürmten alle jubelnd in den frischgefallenen Schnee. Nur er blieb sitzen und zählte heimlich mit seinen Fingern bis vier. Nur noch vier Stunden, dachte er, nur noch vier...

Im Auditorium

Wenn irgendein hinfälliger, übernächtigter Student im Seminar auf schwankendem Stuhl vom unermüdlichen, notenschwingenden Professor monatelang ohne Unterbrechung zur Offenbarung seines winzigen Wissens getrieben würde, im Nacken schwitzend, verzweifelt Wörter um sich werfend, im Magen sich verkrampfend, und wenn dieses Spiel unter dem nichtaussetzenden Getuschel der Anwesenden und dem Fauchen der Klimaanlage in die immerfort sich weiter öffnende, graue Zukunft der bevorstehenden Arbeitslosigkeit sich fortsetzte, begleitet vom vergehenden und neu anschwellenden Akklamationsgetrommel der Fäuste, die eigentlich Dampfhämmer sind—vielleicht eilte dann ein junger Studienanfänger die lange Treppe durch alle Sitzreihen hinab, stürzte nach vorne und riefe das: Halt! durch das Gelächter der immer sich anpassenden Seminarteilnehmer.

Da es aber nicht so ist; ein frischfrisierter Jüngling, strahlend und hellwach, hereinstürmt, durch die Tür, welche die ewig hilfsbereiten wissenschaftlichen Hilfskräfte vor ihm öffnen; der Professor hingebungsvoll seine Augen suchend, in freudiger Erwartung ihm entgegenatmet; vorsorglich ihn auf das Thema aufmerksam macht, als wäre er seine über alles geliebte studentische Hilfskraft, die sich auf ein gefährliches Abenteuer einlässt; sich nicht entschließen kann, die erste Frage zu stellen; schließlich in Selbstüberwindung sie zögernd haucht; neben dem Studenten in Demut verharrt, seine Gedankensprünge milde nachsieht, und seine logischen Kapriolen kaum begreifen kann; mit fachlichen Begriffen zu warnen versucht; die in ihren Notizen blätternden Assistenten zu peinlichster Achtsamkeit ermahnt; vor der entscheidenden Frage alle Seminarteilnehmer mit erhobenen Händen beschwört, man möge doch bitte schweigen; schließlich den zitternden Studenten mit einer großzügigen Geste entlässt; während der, gelobt und gestreichelt, im Hochgefühl der bestandenen Prüfung, noch umwebt vom Nebel der Worte, mit offenem Mund sein Glück mit allen teilen will—da dies so ist, legt der junge Studienanfänger das Gesicht in die Hände und, dabei wie in einem schweren Traum versinkend, weint er, ohne es zu wissen.

Kreuzer-Meditation

In Andenken an Prof. Dr. Helmut Kreuzer

Wir schrieben das Jahr 1 A.D.K. (Anno Domini Kreuzer)—die Anderen, Normalen, kurz: die Sterblichen, zählten das Jahr 1977—als wir in Houston, Texas, landeten. Am Tage zuvor war Elvis, the King, gestorben.

Es war August, es war höllisch heiss, es war aufregend in einer fremden Stadt, einem fremden Land zu sein. Man warnte uns vor riesengrossen Kakerlaken, vor Klapperschlangen, vor Hurricanes, Tornados und den kleinen Mosquitos, die am allerschlimmsten seien. Wir schliefen in den ersten Tagen auf dem Fußboden in Roberto Durans Haus, wir, das waren Gabi, Hajo und ich. Dann hatten wir ein Apartment, was viel besser klang als Wohnung, und wir waren roommates, auch das klang fremdartig schön. Das Semester begann, wir schrieben uns ein, bei Professor Kreuzer natürlich, dem es kurz darauf gelang, den großen Literaturkritiker Hans Mayer zu einem Vortrag ins Seminar einzuladen. Es war ein Genuss den beiden zuzuhören. Zwei scharfe Köpfe lieferten sich ein Gefecht, mal war der eine überlegen, mal der andere. Uns wurde bewusst, dass wir noch viel zu lernen hatten. Es war auch ein neues und befreiendes Gefühl ein eigenes Büro zu haben, Geld zu verdienen, eigenen Unterricht zu gestalten. Wir gingen mit erhobenem Kopf über den Campus. Siegen und das Bafögamt waren plötzlich weit weg.

Die Tage wurden kürzer und kühler, der Herbst kündigte sich mit strahlend blauem Himmel an, und die Kreuzers luden uns drei zu einer Stadtbesichtigung ein. Auf dem Programm stand unter anderem die Besichtigung der Rothko-Chapel, die in einem etwas abgelegenen Stadtteil ist. Anschließend wollten die Kreuzers noch kurz in einem Kaufhaus vorbeischauen.

In Gespräche vertieft betraten wir die kleine Kapelle, und mit einem Mal überfiel uns eine tiefe, heilige Stille. Wohltuende, dunkle Kühle umfing uns, wir atmeten langsamer, ruhiger ... und dann konnten die Augen wieder sehen. Dort hingen sie: wandgross, Schwarz in Schwarz, Schwarzbraun, Rot auf Kastanienbraun. Schwingungen gingen von diesen Bildern aus, Musik, die wiederum in mir widerhallte. Ich verlor mich in Tagträumen.

"Rothko lädt zum Meditieren ein, nicht wahr," sagte eine Stimme neben mir. Professor Kreuzer stand neben seiner Frau, er hatte seinen Arm um ihre Schultern gelegt, und beide schienen ebenfalls von der Magie Rothkos gefangen zu sein, dann löste sich Frau Kreuzer von ihm und ging zum nächsten Bild. Er jedoch blieb noch lange dort stehen.

Als wir wieder im grellen Tageslicht standen und dann zum Auto gingen, wurde mir bewusst, dass diesem Tag ein Zauber innewohnte. Wir fuhren über das Gewirr der Autobahnen zur Stadt zurück und hielten vor dem Kaufhaus. Frau Kreuzer wollte einen Staubsauger kaufen für ihr Haus in Montrose. Und hier geschah es wieder. Dort stand mein Professor und betrachtete schweigend und andächtig einen Staubsauger der Marke Hoover.

"Für meinen Mann ist ein Staubsauger auch ein Kunstwerk", sagte Frau Kreuzer, die neben mich getreten war. "Es würde ihm nie im Traum einfallen, ihn auch nur einmal anzufassen."

Der Staubsauger wurde gekauft, wir fuhren zurück, denn der Tag neigte sich dem Ende zu.

Dass ich Jahre meines Lebens in Südkalifornien verbracht habe und jetzt in New York lebe, verdanke ich Professor Kreuzer. Und dass ich mir seit Jahren schon eine Putzhilfe leiste, die ein ganz unästhetisches Verhältnis zum Staubsauger hat, verdanke ich ihm auch. Denn dass man den Gegenständen den nötigen Respekt entgegenbringen muss, dass hat mich der große Meister an diesem Tag gelehrt.

Kif

Der Himmel leuchtete dunkelblau und klar. Die ersten Sterne wurden sichtbar. Sie glänzten wie kleine Diamanten auf blauem Samt. Der Vollmond schwebte satt über dem Meer und warf sein blasses Licht als Strahl gebündelt übers Wasser. Zaran atmete die milde und vom Duft der Blumen aromatisierte Luft ein. In der Ferne rauschte der Pazifik. Ihm war wieder leicht schwindlig, doch er führte dies auf seinen Alkoholgenuss zurück. Zaran atmete tief durch und schloss seine Augen.
Plötzlich war ihm, als sei er nicht mehr allein. Er spürte, dass hinter ihm jemand stand, doch Zaran wagte es nicht, seinen Kopf herumzudrehen. Ein leises Räuspern erklang, und Zaran wusste mit einem Mal, wer es war.
"Ich", sagte er, doch weiter kam er nicht, die Frau neben ihm hatte ebenfalls zu sprechen begonnen.
"Ich..."
"Es...", begann Zaran von neuem. Wieder sagte die Frau im gleichen Atemzug:
"Wir..."
"Du."
"Sie", war die Antwort.
"Sie?" fragte Zaran.
"Du!" antwortete die Frau und lachte.
"Er?" fragte Zaran zögernd und schaute sie kurz an. Die Frau lächelte nur und schüttelte ihren Kopf. Zaran sagte:
"Der Mond ..."
Die Frau antwortete: "... träumt."
"Die Sterne ..."
"... liegen auf deiner Hand."
"Alles ..."

"... ist ein Märchen."
"Das Ende ..?"
"... kennt keiner!"
Sie setzten sich beide ins Gras, und die Dame in Schwarz zündete sich eine Zigarette an. "Kif", sagte sie, aus Marokko." Sie reichte Zaran die Zigarette.
Schweigend rauchten sie und schauten in den Nachthimmel, der langsam über ihnen zusammenschnurrte. Dahinter leuchteten die Sterne; und Zaran war mit einem Male, als ob sie beide in einer Glaskapsel säßen, und durchs All flögen.
"Aus Marokko", wiederholte Zaran nach einer Weile. Die Frau schaute ihn von der Seite an und nickte. Zaran fiel ein kleines, silbernes Kreuz auf, das sie im Ausschnitt trug.
"Warst du schon einmal in Marokko?" fragte er. Die Frau nickte. "Meine Eltern haben in Marrakesch gelebt."
"Für wieviele Jahre?" wollte Zaran wissen.
"Fast zehn Jahre lang."
"Und du? Kennst du auch Marokko?"
Zaran schüttelte verneinend seinen Kopf. "Ich habe bisher immer nur von Marokko geträumt. Das ist alles. Ich kenne Mexiko recht gut. Besonders Südmexiko und die Karibik."
Die Frau nickte und sagte: "Ich heiße Fatima, und du?"
"Fatima." Zaran sagte den Namen ein paar Mal leise vor sich hin. "Ein schöner Name. Ich heiße Zaran. Rauchst du schon lange Kif?" Er drehte sich zur Seite und stützte seinen Kopf auf dem Ellenbogen auf. Es war so dunkel, dass er das Gesicht Fatimas kaum erkennen konnte. Jetzt bemerkte er auch einen dezenten Parfumduft, der von ihr herüberströmte.
"Seit meiner Kindheit", antwortete Fatima. "Ich bin in den USA geboren, aber in Marokko aufgewachsen. In

Nordafrika ist das Kif-Rauchen Teil der Kultur. Viele Leute essen es, selbst die Kinder."
Zaran musste lächeln.
"Ungefährlich ist das aber Kif nicht", fuhr Fatima fort. Zaran blickte zu ihr auf.
"Kif liebt und will geliebt werden. Kif ist wie eine Madonna: narzistisch, herrschsüchtig, eifersüchtig." Fatima pausierte einen Moment lang und beugte sich ein wenig zu Zaran herab, dessen Blick sich von den Konturen der Frau nicht mehr lösen wollte.
"Kennst du die Geschichte von Allal?" fragte sie. Zaran griff nach der Hand, die vor ihm im Dunkel schimmerte und küsste sie leicht. Ein leises Lachen ertönte. Behutsam gab er ihre Hand wieder frei.
"Nein", sagte Zaran. "Ist es eine wahre Geschichte oder eine erfundene?"
"Es ist meine Lieblingsgeschichte."
Ein Windstoß ließ plötzlich die Blätter der Büsche ringsum erzittern. Die Luft war trocken und warm. Zaran goss sich und Fatima Champagner ein.
"Bitte, erzähle mir die Geschichte von Allal." Er streckte sich neben Fatima aus und schloss die Augen.
"Allal", begann Fatima, "lebte in einem kleinen Dorf am Rande der Sahara. Seine Mutter verließ ihn, als er vier Jahre alt war. Sie hatte in einem billigen Hotel als Dienstmädchen gearbeitet, und es hieß, sie habe sich ihr klägliches Gehalt dadurch aufgebessert, dass sie es mit den Hotelgästen getrieben hätte.
Allal blieb in dem Hotel, das einem Franzosen gehörte, und wurde, sobald er Lasten tragen konnte, zur Arbeit angehalten. Er verdiente nichts, hatte aber freie Kost und Logis. Der dicke Franzose und seine Frau mochten ihn, denn er war hübsch und klug, und außerdem besaßen die

beiden selber keine Kinder. Allal führte kein schlechtes Leben. Er hatte seine eigene Hütte mit Feuerstelle, er bekam genug zu essen, und die Arbeit war auch nicht übermäßig schwer.

Eines Tages nun ging Allal zum Brunnen, der am Rande des Dorfes war, um frisches Wasser zu holen. Er setzte sich den Tonkrug auf die Schulter und ging los. Allal liebte das Wasserholen, denn am Brunnen traf er andere Knaben und vor allem junge Mädchen, die dort saßen und schwatzten. Ihnen schaute er gerne, und besonders lange zu.

An jenem Morgen war unter ihnen ein besonders schönes Mädchen; aber sie hielt sich abseits, und keines der anderen Mädchen sprach mit ihr. Eine Fremde, dachte Allal, denn auch er hatte sie zuvor noch nie gesehen. Das fremde Mädchen saß unter einer Palme und hatte ihre linke Hand auf einem Korb liegen, der neben ihr stand. Allal beobachtete sie aus der Ferne, und als er sich mutig genug fühlte, ging er langsam auf das Mädchen zu. Er fragte sie, ob er sich neben sie setzen dürfe, und das Mädchen gestattete es ihm. Eine zeitlang saßen sie schweigend nebeneinander, keiner von beiden wusste wohl, wer zuerst zu sprechen anfangen sollte. Endlich ergriff Allal das Wort.

"Was hast du denn in deinem Korb", fragte er und blickte das Mädchen scheu an.

Das fremde Mädchen sagte nichts und hob stattdessen den Deckel ihres Korbes leicht an. Allal, der zuerst nichts sehen konnte, beugte sich neugierig geworden über den Korb.

"Vorsicht", warnte das Mädchen. "Nicht zu nahe. Sie kennen dich nicht."

Allal fuhr augenblicklich zurück. Vor ihm lagen ineinander verschlungen drei Schlangen: zwei dunkle und eine rötliche, sehr schöne.

"Schlangen?" wunderte sich Allal und blickte das Mädchen an.

"Kobras. Sie gehören mir. Ich werde sie in der Stadt verkaufen."

Das Mädchen deckte den Korb wieder zu und legte ihre Hand darauf, wie zu Anfang, als Allal sie zum ersten Mal erblickt hatte. Anschließend schwiegen sie wieder und schauten zum Brunnen hinüber, wo die anderen Mädchen Wasser schöpften oder sich gegenseitig die Haare kämmten. Als die Schatten der Palmen immer kürzer wurden, stand Allal auf.

"Ich muss zurück zu meinem Herrn", sagte er. "Du kannst, wenn du es willst, mit mir kommen. In meiner Hütte ist es angenehm kühl."

Das fremde Mädchen nahm die Einladung dankbar an, denn sie war müde und hungrig. Zusammen gingen die beiden zum Hotel zurück, und Allal führte sie zu seiner Hütte, wo er ihr ein Lager bereitete.

"Du kannst sehr schön erzählen", warf Zaran dazwischen. "Möchtest du noch etwas Champagner?"

Fatima nickte, und Zaran schenkte ihr das Glas erneut voll.

"Hast du Feuer?" fragte sie, nachdem sie getrunken hatte, und hielt ihm eine frische Kif-Zigarette entgegen. Zaran zündete die Zigarette an, inhalierte und gab sie ihr zurück. Schweigend rauchten sie. Der immer stärker werdende Wüstenwind ließ die Blätter der Büsche und Palmen aufrauschen. Zaran spürte die Trockenheit seiner Haut. Ihm war, als befinde er sich in einem Märchen.

"Bitte, erzähle weiter", sagte er. "Was geschah mit Allal und dem göttlich schönen Mädchen?"

"Wer sagt denn, dass sie göttlich schön war?" lachte Fatima und blies Zaran ein wenig Rauch ins Gesicht.

"In den Märchen aus Tausendundeiner Nacht sind die Frauen immer göttlich schön." Fatima lachte leise.
"Allal verrichtete seine gewohnte Tätigkeit im Hotel", fuhr sie fort, "während das fremde Mädchen, das übrigens auf den französischen Namen Chantal hörte, in Allals Hütte schlief. Gegen Abend, als Allal mit seiner Arbeit fertig war, trat er in seine Hütte. Chantal hatte bereits Feuer gemacht und Tee gekocht. Beide erfrischten sie sich an dem Getränk; nach einer Weile holte Allal Brot und Schafskäse herbei.
"Hast du Milch da?" fragte Chantal, nachdem sie schweigend gegessen hatten. Allal nickte, er wollte jedoch wissen, warum sie danach frage.
"Ich gebe ihnen immer warme Milch zu trinken."
Allal stand auf, holte die Milch und den Milchtopf. Er setzte den Topf aufs Feuer und füllte ihn bis zur Hälfte. Anschließend stand er wieder auf und brachte Kif-Paste herbei. Er aß ein wenig davon und reichte sie dem Mädchen, das dankend annahm.
"Wusstest du, dass Kobras Kif mögen?"
Allal verneinte und bereitete seine Pfeife.
"Aber man muss ganz vorsichtig sein", fuhr Chantal fort. Anschließend schwieg sie. Allal rauchte und blickte sie fragend an.
"Warum?"
Chantal wiegte ihren Kopf langsam hin und her. "Weil", sagte sie zögernd, "weil sie zu uns sprechen."
Allal reichte ihr die Pfeife und lehnte sich zurück. Er zündete eine Lampe an, da es schnell dunkelte. Draußen hörte er den warmen Wüstenwind durch die Blätter der Palmen streichen. Er lächelte. Mit spitzen Fingern nahm er die Milch vom Feuer.

"Versuchen wir es", sagte er und mischte der Milch ein wenig Kif-Paste bei. Dann goss er die Milch in drei kleine Schalen und schob sie in die Nähe des Korbes.

"Es ist nicht ungefährlich", sagte Chantal noch einmal, doch Allal winkte nur lässig ab. Das Mädchen hob den Deckel des Korbes an und schnalzte ein paarmal mit ihrer Zunge. Zu Anfang geschah nichts, und Allal begann bereits, sich zu langweilen. Doch mit einem Mal glitt ein langes, schwarzes Etwas aus dem Korb und bewegte sich unglaublich graziös auf eine der Milchschalen zu. Allal war fasziniert von der Schönheit dieser Bewegung. Er blickte Chantal an, doch das Gesicht des Mädchens wurde verdeckt von ihren langen, dunkelbraunen Haaren. Die Schlange züngelte und verharrte in ihrer Stellung. Sie lag vielleicht zwanzig Zentimeter vor der Milchschale, ihr Kopf war hoch aufgerichtet.

Eine Zeit lang geschah überhaupt nichts. Allal bemerkte nur, dass er wie gebannt auf die Schlange starrte. Plötzlich senkte sich der Kopf der Schlange, und sie begann zu trinken. Allal löste seinen Blick von der Kobra und blickte zum Korb hinüber, doch zu seiner Überraschung fand er ihn leer. Nun bemerkte er, dass auch die beiden andern Schlangen von ihren Milchschalen tranken. Die rötliche hatte sich sogar in der wunderbarsten Weise zusammengerollt. Wieder blickte er zu dem Mädchen hinüber, aber sie schien nicht ansprechbar zu sein. Vergeblich suchten seine Blicke ihre Augen zu erreichen; und als er einmal glaubte, sie würde seinen Blick auffangen und erwidern, überfiel ihn ein Entsetzen, denn ihm war, als schaue er in einen Abgrund, an dessen Rändern gelb und wild der Wahnsinn loderte. Verwirrt irrte sein Blick zurück zu den Schlangen. Doch sie lagen nicht mehr vor ihren Milchschalen.

"Wo sind die Schlangen?" fragte Allal erregt. Eine unbestimmbare Angst hatte Besitz von ihm ergriffen.
Das fremde Mädchen reagierte zuerst nicht. Allal war, als ob sie aus einer Starre erwache.
"Wo sind die Schlangen?" fragte er erneut. Seine Stimme war lauter als er beabsichtigt hatte.
"Hab keine Angst", antwortete das Mädchen. "Sie haben sich versteckt."
"Versteckt?"
"Mach dir nicht die Mühe, sie zu suchen. Du würdest sie doch nie finden. Schlangen sind Meister in der Kunst des Versteckens. Sie können sogar in Verstecke schlüpfen, die es gar nicht gibt."
"Ein schöner Satz", sagte Zaran und legte seinen Kopf in Fatimas Schoß. Über ihm leuchtete die Milchstraße, und er fühlte sich wohl.
"Die beiden legten sich schlafen. Am nächsten Morgen bereitete Allal den Tee. Ihn trieb die Neugierde in der Nähe des Korbes herum; aber er konnte nicht ausmachen, ob die Schlangen im Korb waren oder nicht, denn Chantal hatte eine Decke über ihn gelegt, und er wagte es nicht, darunter zu schauen, da er fürchtete, er würde das Mädchen aufwecken. Während er den Teekessel säuberte, beobachtete er die Schlafende. Ihr Gesicht sah in der Gelassenheit des Schlafes sanft aus, und wieder spürte er dieses leise Brennen in seiner Brust.
Er öffnete die Tür und ließ die frische Morgenbrise herein. Ihn fröstelte und er machte Feuer. Das Knistern der Flammen schien das Mädchen aufgeweckt zu haben, denn als Allal wieder einmal zu ihr hinüber schaute, blickte sie ihn lächelnd an und rieb sich die Augen. Allal holte Milch und Kif-Paste, mischte beides und erhitzte die Milch über dem Feuer. Anschließend füllte er die drei Schalen und

schob sie in die Nähe des Korbes. Er lud Chantal ein, mit ihm zu frühstücken, und sie hockten sich vors Feuer, jeder eine Scheibe Brot in der Hand und ein Stück Schafskäse.
"Heute muss ich in die Stadt und meine Schlagen verkaufen", sagte Chantal. Allal nickte nur stumm. Der Gedanke daran, dass das Mädchen ihn wieder verlassen würde, schmerzte ihn. Er riss ein Stück Brot ab und tunkte es in eine der Milchschalen, die für die Schlangen bestimmt waren. "Sie schlafen wohl noch", sagte er und deutete in die Richtung, in der der Korb stand.
"Morgens schlafen sie immer lange", entgegnete Chantal. "Sie werden erst munter, wenn die Sonne sich gen Abend wendet. Nachts sind sie am muntersten."
Allal stand auf und holte die Paste herbei. Er steckte sich ein daumengroßes Stück davon in den Mund.
"Möchtest du auch?" fragte er und hielt dem Mädchen die Paste hin. Sie nahm sich etwas und legte es sich unter die Zunge.
"Verkaufen willst du sie also", sagte er; und er versuchte seinen Missmut darüber zu verbergen.
Das Mädchen nickte. "Ich brauche das Geld."
"Wieviel ist eine Schlage wert?" fragte er und blickte schnell zu Boden.
"Das kommt ganz darauf an."
"Worauf?"
"Nun, wieviel sie dir wert ist!"
Allals Blick verfinsterte sich. "Machst du deine Geschäfte immer so?" Er schnaufte und blickte unzufrieden drein. Das Mädchen lachte und sagte: "Die Schlangen sind mir lieb und teuer, ich kann sie nicht verschenken."
"Von Verschenken hat auch keiner etwas gesagt. Ich gebe dir Geld."
"Hast du denn Geld?" wollte das Mädchen wissen.

Allal, der natürlich kein Geld besaß, nickte finster. "Natürlich habe ich Geld."
"Wieviel willst du mir geben?"
"Zwanzig."
"Zwanzig? Nur zwanzig? Jede Schlange ist mindestens zweihundert wert!"
"Zweihundert ist zuviel. Ich gebe dir vierzig."
Das Mädchen schüttelte ihren Kopf. "Unmöglich", sagte sie. "Die Schlangen sind mein Lebensunterhalt. Ich kann sie nicht verschenken."
"Dann will ich sie nicht", entgegnete Allal trotzig und stand auf. "Ich muss jetzt gehen."
Chantal erhob sich und nahm ihren Korb auf. Sie bedankte sich für seine Gastfreundschaft, und sagte, dass es ihr leid täte, dass sie kein Geschäft abschließen könnten, aber er sollte doch bitte ihre Lage verstehen, sie sei ganz allein, und ohne die Schlangen würde sie hungern, denn vom Verkauf der drei Schlangen könne sie fast sechs Monate leben, und daher wäre der Verlust nur einer einzigen sehr bedeutend. Allal hörte ihr schweigend zu und begleitete sie vor die Tür. In ihm war schon längst ein Plan gereift, wie er an die Schlangen kommen würde.
Das Mädchen machte sich auf den Weg, und als sie außer Sichtweite war, folgte ihr Allal. Unterwegs schaute er sich nach einem geeigneten Stein um. In einem ausgetrockneten Flussbett fand er einen faustgroßen Kiesel. Er lief ein paar hundert Meter im Dauerlauf, um das Mädchen einzuholen. Weit und breit war keine Menschenseele zu sehen, deshalb beschloss er, es so bald wie möglich zu tun. Wieder lief er im Dauerlauf, und dann sah er sie auch schon vor sich. So schnell wie er konnte, rannte er zu dem Mädchen hin. Als sie sich umdrehte, weil sie hinter sich ein Geräusch gehört

hatte, war Allal auch schon bei ihr und schlug ihr den Kieselstein mit voller Wucht auf den Kopf.
Er hörte ein leises Krachen, etwa so, als platze eine tönerne Vase. Allal ließ den Kiesel los, doch er fiel nicht herunter. Bis zur Hälfte hatte er sich in den Hinterkopf des Mädchens gesenkt. An beiden Seiten quoll ein gelb-grauer Brei hervor —doch zu seiner großen Überraschung fiel das Mädchen nicht, sondern ging weiter, so als sei gar nichts geschehen.
Endlich, nach ein paar Metern, schwankte sie und ging langsam in die Knie. Der Korb mit den Schlangen fiel auf die Erde, der Deckel rutschte ab...—und drei zuckende Blitze stürzten daraus hervor, schlangen sich um Allals Beine und seinen Hals, zwangen ihn nieder. Er stürzte hilflos zu Boden, und bevor er seine Besinnung verlor, sah er noch, wie sich zwei große, spitze Fangzähne in seine Halsschlagader senkten.
Und da war auch wieder dieser gelb umrandete Wahnsinn... in den Augen der Schlangen ... in den Augen des Mädchens.
Chantal stand über Allal und lächelte. Sie schnalzte mit der Zunge, und sofort schnellten die Schlangen wieder in ihren Korb zurück. Vorsichtig befestigte Chantal den Deckel und blickte wieder zu Allal hinüber, der zu seiner Verwunderung nicht mehr blutend im Staube lag, sondern mit zum Wurf erhobener Hand vor ihr stand.
Allal ließ seinen Arm langsam sinken und anschließend den Stein zu Boden fallen. Plötzlich tat er so, als habe er etwas ganz Wichtiges vergessen, fasste sich, Nachdenken andeutend, an die Stirn, wünschte noch einen schönen Tag und rannte so schnell wie er nur konnte zu seiner Hütte zurück ..."
Zaran blickte in den Nachthimmel und sagte: "Eine schöne Geschichte." Er legte seinen Arm um Fatimas Schultern,

und als er merkte, dass sie sich an ihn schmiegte, küsste er sie sanft auf die Stirn.

Die Zwillinge

Als ich die Hotelhalle betrat, um an der Rezeption meinen Reisepass abzuholen, sah ich im Vorübergehen, dass ein dicker, schon älterer Mann mit zwei bildhübschen Mädchen, seinen Töchtern offenbar, Billiard spielte. Während ich mit der Rezeptionistin sprach, mich nach den Essenszeiten und guten Restaurants im Ort erkundigte, mir sagen ließ, wie man am besten zum Strand komme und wie lange die Post geöffnet sei, hörte ich hinter meinem Rücken das harte Klicken der aneinanderstoßenden Kugeln und die anschließend leise ausgestoßenen Flüche der Mädchen.

Eine deutsche Familie, dachte ich und drehte mich so, dass ich einen Blick auf den Billiardtisch werfen konnte. Gerade war der Vater der beiden dabei, eine Kugel zu fixieren, und er rückte sich dazu die weiße Kugel ein wenig zurecht, was bei seinen Töchtern sofort Protestrufe auslöste. Die beiden standen nebeneinander, hielten ihre Stöcke senkrecht vor sich und starrten gespannt auf das grüne Tuch. Mein Blick ging von einer zur anderen, denn ich stellte zu meiner Überraschung fest, dass sie Zwillinge waren.

Die beiden Mädchen waren groß gewachsen, hatten lange, flachsblonde Haare, ebenmäßige, schön geschnittene Gesichter und wasserhelle, graublaue Augen. Sie mussten schon einige Tage auf der Insel gewesen sein, denn ihre Arme und Schultern waren gebräunt. Beide traten an die Längsseite des Tisches, während ihr Vater die Kugel versenkte. Beide hatten lange, schlanke Beine, trugen Shorts, die eine weiße, ihre Schwester grüne, dazu schwarze T-Shirts, und es umgab sie das Flair der Jugend, das Wissen, jung und schön und unsterblich zu sein.

Ich steckte meinen Reisepass ein und machte mich auf den Weg zum Fahrstuhl. Dort angekommen, drehte ich mich noch einmal um, denn ich wollte einen letzten Blick auf die beiden werfen, um ihre Schönheit, die sie gleichsam umkränzte, zu genießen.

Da geschah es. Die eine der beiden schickte mir ein Lächeln herüber, unbemerkt von ihrer Schwester und ihrem Vater. Ein Blitz durchzuckte mich, denn dieses Lächeln war kein einfach dahingeworfenes, absichtsloses Lächeln, dieses Lächeln der Mädchenfrau war zielgerichtet, war ein Pfeil, der traf und der auch treffen sollte. Ich trank es in mich hinein wie ein Verdurstender einen Schluck Wasser in sich hineintrinkt, und es ging mir unter die Haut, drang in meine Seele, und brannte sich in meinem Hirn fest. Mein Herz schlug einen Moment lang schneller, ich hielt meinen Atem an. Dann kam der Fahrstuhl, Hotelgäste stiegen schweigend aus, rempelten mich an, ohne sich dafür zu entschuldigen, und ich stieg ein, wie in Trance, drückte irgendeinen Knopf und die Türe schloss sich. Der Spuk war vorbei, ich fuhr nach oben.

Heute weiß ich, ich hätte nicht noch einmal hinsehen sollen, hätte mich den Reizen der Schönheit widersetzen und verschließen, hätte das Hotel, die Stadt, das Land verlassen sollen. Denn heute leide ich, leide jeden Tag, mache mir die schwersten Vorwürfe, besonders nachts, wenn die Kinder schreien, wenn sie nach ihren Müttern rufen, weil sie Hunger haben oder Durst, oder auch nur schreien, um schreien zu wollen. Dann liege ich schweißgebadet im Bett und halte mir die Ohren zu, was aber nicht hilft, da das Schreien der Mädchen, dieses irre Kreischen, durch und durch geht und jede Nervenfaser bloßlegt und in unheilvolle Schwingungen versetzt.

Am nächsten Morgen bin ich jedesmal wie erschlagen und würde am liebsten schlafen, nur noch schlafen, die Augen schließen und nicht mehr aufmachen,—aber dann heißt es, das Frühstück zu machen für die Mütter, die fett und faul in ihren Betten liegen, gähnen und mir Befehle zurufen. Sie haben natürlich ausgezeichnet geruht, denn das Gekreisch ihrer Töchter ist für sie etwas ganz normales, gehört sozusagen dazu. Ich nehme an, sie hören es schon gar nicht mehr, und es ist ihnen völlig gleichgültig, ob ihre Kinder schreien oder nicht.

Ich bringe ihnen das Frühstück ans Bett. Spiegeleier, Speck, Toast, Kaffee, frisch gepressten Orangensaft, Obst, Marmelade, Sahne, Zucker und Butter, viel Butter, importiert aus Deutschland. Dann muss ich das Zimmer verlassen, weil mir sonst übel wird, denn sie essen ihr Frühstück nicht, die Mütter, nein, sie inhalieren es, mit einem Zug ist das Tablett leer und schon verlangen sie nach mehr, wollen Erdnussbutter und Konfitüre, verschlingen anschließend ein halbes Brot, rufen nach mehr Kaffee, diesmal soll er stärker sein, ich renne, bringe ihnen stärkeren Kaffee, räume dann ab, mache mir selber einen Toast, den ich trocken und im Stehen hinunterwürge, und fliehe aus dem Haus, um den ganzen Tag im Seminarraum und anschließend in meinem Büro, wo ich meist erschöpft einschlafe, zu verbringen.

Während ich arbeite, sitzen die Mütter zu Hause vor dem Fernseher und schauen sich soap operas an, und Glücksspiralen, und die Werbung, wovon sie mir abends, während ich das Abendessen vorbereite, ausführlich erzählen, wobei die eine der andern immer ins Wort fällt, was nur Widerworte und üble Flüche provoziert. Ich drehe die Schnitzel in der Pfanne, entkorke den Wein, schütte die Kartoffeln ab, rühre die Süßpeise an, decke den Tisch, leere die vollen Aschenbecher, bitte sie zu Tisch, zünde die Kerzen an, wähle Musik aus, serviere, und höre zu, was sie mir zu berichten haben, lasse mir erzählen, was sie alles gesehen haben und erlebt, denn fernsehen ist für sie gleichzeitig erleben. Sie sind so genügsam, die beiden, sie brauchen nur ihre Fernseher, und schon erleben sie bei ihrem sinnlosen Umherirren in den Kanälen die Welt.

Aber ich greife vor, erzähle den Alptraum vor dem Traum. Ich muss mich zur Geduld zwingen, was mir schwer fällt, denn in mir herrscht das Bedürfnis, mein Leben hinauszuschreien, in die Welt, in das Universum. Ich habe nur selten Gelegenheit, meine tägliche Tortur aufzuschreiben, meist nach der Vorlesung, in meinem Büro, bevor mir der Kopf vor Erschöpfung auf den Schreibtisch fällt, wo ich dann in einer Art Ohnmacht oder Totenstarre verharre, bis es Zeit wird, wieder in diese Hölle zu fahren.

Auf dem Weg zum Haus frage ich mich, womit ich dieses Leben verdient habe. Hatte ich nicht, wovon die meisten Männer nur träumen?

Ja, ich habe ihre Schönheit genossen, ihre zarte, glatte Haut, ihre Münder und aufblühenden Brüste, die straffen Bäuche, die langen, schlanken Beine, die sich mal sanft, mal wild um meine Hüften schlossen, ja, ich habe das alles viele Mal genossen, denn nie werde ich die Nächte vergessen, in denen wir unsere rauschhaften Spiele spielten, nie vergesse ich die Leidenschaft, mit der wir uns gegenseitig anstachelten und an den Rand des Wahnsinns brachten.

Nie. Nie!

Denn von diesen Erinnerungen zehre ich, aus diesem Fundus schöpfe ich meine Kraft, meine Essenz, ohne diesen Erinnerungstraum wäre ich längst irre geworden, verrückter als ich vielleicht schon bin, denn wer hätte gedacht, dass sich diese beiden Göttinnen, die ich zur Lust erweckte, die ich erschuf, denen ich das Leben einhauchte, die ich aus der Dumpfheit ihrer Unschuld erlöste, nie hätte ich geglaubt, dass diese bildhübschen Mädchenfrauen zu fetten Schlampen verkommen würden, die stumpf ihre Tage vor dem Fernseher verbringen und weißes Schlabberbrot essen, auf das sie sich fingerdick Mayonnaise schmieren.

Damals trank ich, um den Rausch, in dem ich lebte, zu verstärken,—heute trinke ich, um zu vergessen.

Fast jeden Abend bin ich betrunken, denn es ist völlig egal, ob ich nüchtern bin oder betrunken. Immer sehe ich zwei gleiche Bilder vor mir, sehe alles doppelt, sehe zwei fette Weiber, die gleichzeitig Mayonnaisebrote verschlingen, die gleichzeitig die Kanäle durchhecheln, die gleichzeitig "Guten Abend" sagen, wenn ich das Haus betrete, die mir gleichzeitig erzählen, was sie tagsüber gesehen und somit erlebt haben. Und wenn ich zu den Kindern gehe, verdoppelt sich das Bild noch einmal, denn—nur ein böser

Dämon konnte es so wollen— meine beiden Frauen haben mich mit Töchtern beglückt.

Er war damals nach Deutschland geflogen, da er das Brandenburger Tor ohne die Mauer sehen wollte. Hinzu kam, dass er von seinem Verleger zu einer Lesetour eingeladen worden war. Er buchte einen Flug von Montréal nach Frankfurt, und fuhr nach seiner Ankunft sofort nach Berlin weiter. Er verspürte Erleichterung, als er den grauen Schandfleck nicht mehr sah. Zugleich bedrückte ihn das Wissen, dass die Vereinigung die Menschen noch unglücklicher, als sie normalerweise schon sind, gemacht hatte.

In den Tagen und Wochen, die er in Deutschland verbrachte, und in denen er nur gut zuhörte, vermittelte sich ihm ein Bild der Klage und Düsterheit. Früher herrschten in der DDR Unterdrückung und Gängelei, Unfreiheit und Missgunst; jetzt aber fühlten sich die Menschen vom Westen vereinnahmt und bevormundet, verraten und verkauft. Hinzu kam bei ihnen die Angst vor dem Neuen, die Angst vor der Arbeitslosigkeit, dem Verbrechen, Aids und vor den Fremden.

In der alten DDR, so hörte der Beobachter immer wieder, sei zwar vieles falsch gewesen, aber diese Angst, die man jetzt empfinde, hätte es nicht gegeben. Für alles wäre gesorgt gewesen, für die Kinder, für die Alten, man selber hatte Arbeit und wusste, dass man nie arbeitslos sein würde. Und jetzt, jetzt sei alles anders. Jetzt müsse man abends die Häuser verriegeln und Angst ums Auto haben, das von Banden gestohlen und nach Osteuropa geschmuggelt würde. Jetzt herrschten 40% Arbeitslosigkeit und alles sei teurer geworden, obgleich man für die gleiche Arbeit viel weniger als im Westen verdienen würde.

Er hörte sich ihre Klagen und Sorgen an, versuchte auf die neuentstandenen Möglichkeiten hinzuweisen, versuchte deutlich zu machen, dass es doch auch Positives gebe, wie zum Beispiel die Freiheit zu wählen, zu reisen, die Meinung ungestraft zu äußern—aber seine Einwände wurden nur müde belächelt, was zähle das schon im Vergleich zu der Angst, die man habe, die Arbeit zu verlieren oder im Alter nicht versorgt zu werden. Ein Vertrauen in den Individualismus, den der Fremde von Amerika her kannte, existierte nicht. Man erwartete vom Staat Hilfe und Fürsorge, die jedoch blieb aus oder entsprach den Erwartungen nicht.
Im Westen klagte man über die hohen Kosten, die die Vereinigung verursachte, und über die Klagen der Ossies. Viele Menschen—im Westen wie im Osten— bedauerten, dass die Mauer gefallen sei; und als der Reisende auf einer Hauswand in Ostdeutschland den Spruch las "Wir wollen die Mauer wiederhaben", da begriff er, dass Deutschland auf eine Katastrophe großen Ausmaßes zusteuerte. Die alte Bundesrepublik war ebenso wie die DDR zusammengebrochen, und ein neues Deutschland war noch nicht in Sicht. Es herrschten Angst und Neid, Not und Sorge, und wie immer in schweren Zeiten, suchte man nach Sündenböcken und hatte sie auch schon gefunden.

Mit Bestürzung las der Beobachter jeden Tag neu die Meldungen über die Brandanschläge und Überfälle der Rechtsradikalen und Skinheads. Der Staat gab sich zögerlich, ließ viele Brandstifter und Schläger wieder frei, tat so, als sei dieser Wahnsinn eine Randerscheinung, die eigentlich nicht passieren dürfe.

Aber es passierte: Menschen anderer Hautfarbe wurden angegriffen, Behinderte wurden zusammengeschlagen, Asylantenheime wurden angezündet, auf vielen Hauswänden prangten das Hakenkreuz und die SS-Runen, in vielen Köpfen herrschte die Überzeugung, dass es zuviel Ausländer in Deutschland gebe, dass das Boot voll sei, und dass man die Taten der Jugendlichen auch verstehen müsse, denn sie hätten keine Arbeit und keine Zukunft. Als der Fremde dann im Fernsehen die Bilder sah, wo vor einem brennenden Asylantenheim die Zuschauer Beifall klatschten, da beschloss er, dieses Land, das einmal sein Zuhause gewesen war, wieder zu verlassen, und es freute ihn zum ersten Mal die Tatsache, dass er im Ausland lebte.

Er stürmte in das nächstbeste Reisebüro. Auf die Frage der Angestellten, wohin er zu reisen wünsche, sagte er, das sei ihm völlig egal, er wolle nur raus aus Deutschland. Die Suche im Computer ergab, dass Südeuropa und der gesamte Mittelmeerraum von Deutschen bereits besetzt waren, einzig Mallorca war nochnicht ausgebucht. Er flog am nächsten Tag gleich ab. Die noch verbliebenen Lesetermine sagte er kurzfristig, vom Flughafen aus, ab, führte Gesundheitsgründe an; man sei zwar enttäuscht, so hieß es, verstünde aber, und wünschte "Gute Besserung".

Als das Flugzeug abhob, und er unter sich Deutschland immer kleiner werden sah, ließ er sich von der Stewardess Champagner bringen. Er trank, und war wieder frei und freute sich auf den Süden, die Palmen und das Meer.

Ankunft und Transfer zum gebuchten Hotel verliefen reibungslos. Ich saß im Taxi, und nachdem ich ein paar Worte mit dem Fahrer gewechselt hatte, lehnte ich mich bequem zurück und ließ die Städte und die Landschaft an mir vorüberziehen. Das Meer, das berauschende Klima und die Vegetation erninnerten mich an Südkalifornien, wo ich vor vielen Jahren einmal gelebt hatte. Wir fuhren durch braune, unscheinbare Städte, deren Fensterläden—fast alle grün angestrichen—geschlossen waren, um die Mittagshitze fernzuhalten.

Ich stellte mir vor, dass es in den Zimmern dunkel und kühl wäre, und dass die Bewohner ihre Siesta hielten, nach einem reichlichen Mahl mit einer Flasche Wein. Wie anders man doch im Süden lebte, dachte ich. Nur wenige Menschen waren auf den engen, sauberen Gassen zu sehen. Meist waren sie damit beschäftigt, irgendetwas wegzuräumen. In einem Straßencafé, das von einer weißen Leinenplane überdeckt wurde, saßen Männer beim Kartenspiel. Die Schilder, die den nächsten Ort auswiesen, waren zweisprachig, in Spanisch und Mallorquin.

Ich hatte mir vorgenommen, meine Zeit mit Lesen und Schreiben zu verbringen, und daher mehrere Bücher von meinem Lieblingsschriftsteller eingepackt. Das Hotel, vor dem das Taxi hielt, lag direkt am Hafen. Ich gab dem Fahrer, der mir mit meinem Gepäck behilflich war, ein Trinkgeld, und ging ins Hotel. Vom Rezeptionisten, einem dicken, freundlichen Mann, der mich mit "Tschüss" verabschiedete, was mich ein wenig befremdete, ließ ich mir die Adressen von den besten Restaurants im Ort geben, und begab mich zu einem der beschriebenen, nachdem ich mein Gepäck im Zimmer abgestellt hatte.

Ich setzte mich an einen der freien Tische, die vor dem Restaurant standen, bestellt von der Karte eine Fischsuppe, dazu Weißbrot, Butter und eine Karaffe Weißwein. Die Bedienung dankte und verschwand wieder im Innern des Restaurants. Eine junge Familie zog langsam an meinem Tisch vorbei. Ich wurde angestarrt, und als der Wein kam, schaute man mir unverhohlen zu, wie ich das kleine Wasserglas füllte. Ich prostete ihnen zu und trank. Ihre Blicke wanderten zurück zur Straße, und dann rief die Mutter den beiden vorauseilenden Kindern zu, sie sollten aufpassen, da ein Auto kommen könne. Die deutsche Sprache klang in dieser südlichen Umgebung fremd und ungewohnt, und ich wünschte mir, ich würde nur Spanisch zu hören bekommen. Aber das würde wohl nicht möglich sein, denn ich wusste, dass die Insel ein Hauptreiseziel der Deutschen war.

Nachdem ich meine Suppe verzehrt und die Karaffe leergetrunken hatte, ging ich auf mein Zimmer zurück und legte mich hin. Die Hitze und der Wein hatten mich müde gemacht. Ich schlief kurz und schwer, lag noch eine halbe Stunde wach, bevor ich mich duschte und für den Abend zurechtmachte. Als ich in der Hotelhalle stand, um mir meinen Reisepass wieder abzuholen, sah ich die beiden Mädchenfrauen, meine Göttinnen, traf mich das Lächeln, küsste mich Fortuna, ergab ich mich, wie schon so oft zuvor, der Macht der Schönheit, wohlwissend, dass sie einen hohen Preis fordert. Ich trug dieses Lächeln wie einen Schatz mit mir herum, und in meiner Erinnerung verschmolzen die beiden Mädchen zu einer einzigen Figur, die Sinnlichkeit und Sehnsucht ausstrahlte.

Ein paar Tage später geschah es. Es war Abend, die Sonne war hinter den Bergen verschwunden, der Himmel färbte sich langsam dunkelrot. Ich hatte mir ein kleines Restaurant ausgesucht, Wein bestellt, und war dabei, die Speisekarte zu studieren. Vor mir lag blau und schwer das Meer. Der Himmel wolkenlos, in der Ferne Segelboote. Ein paar Tische weiter saß ein Pärchen, sie tranken eine Flasche Rotwein. Beide schauten sich gelegentlich an, doch keiner sagte etwas. Ich zündete mir eine Zigarette an und schaute dem Rauch nach. Der Kellner kam und nahm meine Bestellung entgegen. Als ich mein Glas nachfüllte, stand sie plötzlich neben meinem Tisch und beugte sich über die kleine Mauer, um auf das Meer zu schauen, von dem eine angenehm kühle Brise heraufwehte. Sie drehte sich um und schaute mich an.

Ich hatte auf diesen Augenblick gewartet. Unsere Blicke trafen sich zum Gruße. Es war ein Erkennungsgruß, begleitet von einem leichten Kopfnicken. Es gab keine Spannung, keine Distanz, kein Fremdsein zwischen uns, es gab stattdessen ein unmittelbares Verständnis, eine leidenschaftslose Leidenschaft, ein kaltes Brennen, das in unseren Adern loderte, und wir wussten darum. Als sie wieder lächelte, eben dieses Lächeln wieder zu mir herüberschickte, nickte ich nur, gab ihr damit mein Einverständnis zu verstehen; und als sie zurücknickte, sagte ich wie im Traume: "Ich weiß, dass wir uns lieben, dass wir uns schon immer geliebt haben, und dass das Suchen ein Ende hat." Statt einer Antwort trat sie auf mich zu und gab mir einen Kuss auf die Stirn. Ich wollte ihre Hand nehmen und ebenfalls küssen, aber sie trat einen Schritt zurück, hob sie zum Gruße und verschwand.

Ich blieb noch lange sitzen in diesem Restaurant, an diesem bedeutungsvollen Abend, in dieser Traumnacht, trank langsam und genussvoll zwei Flaschen Wein und wiederholte jede Einzelheit unser Begegnung, sagte sie mir vor wie ein Mantra, bis die Bilder verschwammen und der kühle Wind mich auf mein Zimmer trieb.

Gestern sagten mir meine beiden Damen, dass sie gerne Würste aus einer deutschen Metzgerei zum Abendessen wünschten. Es gibt aber bei uns keine deutsche Metzgerei, ich musste also nach Montréal fahren, müde und ausgebrannt, wie ich war, um dort auf dem Boulevard St. Laurent deutsche Würste, bei einem deutschen Metzger zu kaufen. Ich kaufte sofort mehrere Meter Wurst, da ich die Gier meiner Damen kenne. Mit Würsten beladen kam ich zurück, und man eröffnete mir, man habe bereits zu Abend gegessen, es hätte zu lange gedauert, jetzt sei man satt, ich fragte, was sie gegessen hätten, sie antworteten, sie hätten sich Pizzen kommen lassen, ich fragte, ob noch etwas übrig sei, ob sie mir etwas übrig gelassen hätten, schließlich sei ich eine Stunde hin, eine Stunde zurück extra nach Montréal gebraust, mit hungrigem Magen, um ihnen deutsche Würste zu besorgen, ob noch was da sei, fragte ich wieder, diesmal heftiger, aber ich wurde nur verständnislos angestarrt, dann liefen die Fernseher auch wieder, und Erdnüsse knabbernd hockten sie sich davor.

Ich legte die Würste in eine der Gefriertruhen, die bereits vollgestopft war mit amerikanischen und polnischen und italienischen Würsten und schenkte mir einen doppelten Cognac ein. Die Kinder schliefen bereits, und ich gab jedem einen Kuss, vier insgesamt. Hoffentlich schreien sie nicht wieder, dachte ich und ging in mein Zimmer, wo ich mich hinlegte und, wie jeden Abend, inständig zu Gott betete, er möge mir verzeihen, und mich erlösen von meinem Übel. Aber statt einer Antwort höre ich nur im Wohnzimmer die Fernseher plärren—beide schauen sich verschiedene Kanäle an—und das Zischen von Bierdosen, die geöffnet werden. Stumm füge ich mich in mein mir selbst auferlegtes Schicksal, entfalte meine Hände, vergrabe sie unter der Bettdecke und lasse mich in einen traumlosen Schlaf fallen.

Ich hatte kaum noch Augen für etwas anderes. Vor mir lag ein wunderschöner Hafen mit großen, weißen Segelschiffen vor Anker,—und ich sah es nicht. Vor mir erhoben sich blau leuchtende Berge, grüne Pinien, in der Ferne leuchtete blau und silbern das Meer,—und ich sah es nicht. Ich hörte nicht das Deutsch der Urlauber, das Mallorquin und Spanisch der Einwohner,—ich sah und hörte nur das Mädchen, die Frau, die Mädchenfrau, meine Göttin. "601", hatte ich ihr nachgeflüstert. "601." Ich wusste nicht, ob sie mich gehört hatte, ich wusste nur, dass sie kommen, dass sie mich finden würde, dass sie nach Mitternacht in mein Zimmer treten würde, dass wir uns umarmen würden, dass ich ihre Haut auf meiner spüren, dass ich ihr langes Haar zurückstreichen würde, dass ich ihre Brüste, ihren Bauch, ihre Schultern, ihren Mund küssen würde.

Leise war sie ins Zimmer getreten, leise haben wir uns begrüßt und sanft umarmt. Ich atme zum ersten Mal ihre Haut, ihr Haar. Wir küssen uns, es ist ein zögerndes, tastendes Küssen. Ich nehme sie bei der Hand und trete mit ihr auf den Balkon. Unter uns liegt der Hafen, Schiffe dümpeln vor Anker, Laute dringen herauf, die Straße ist noch belebt. Wir schauen zu den Bergen, die schwarz am

Horizont stehen, zu den Sternen, die hell leuchten, wir treten ins Zimmer zurück und beginnen uns zu entkleiden.

Wir liegen nebeneinander auf dem schmalen Bett, ich beuge mich über sie, streichle ihre Haut, küsse ihren Nacken, ihren Hals, unsere Münder suchen sich, ich berühre ihre Brustrose, fühle wie sie steif wird, ich spüre die Erregung, die von ihr ausgeht, ihr plötzliches Drängen und Anschmiegen. Ich spüre die Lust, die von ihr ausgeht, ich spüre meine Lust, die sich auf sie überträgt. Wir sind in diesem Augenblick ein Körper, der nur eine Empfindung hat, der nur einen Atem kennt; ich spüre mich in ihr, und sie spürt sich in mir...

Dass sie geweint hatte, habe ich erst später gemerkt. Ich wollte sie fragen, aber sie legte mir ihre Hand auf den Mund. Ihr Blick sagte es mir, und ich verstand. Ich umarme sie, und danke ihr. Es ist vier Uhr früh, als sie mein Zimmer verlässt. Zurück bleibt ihr Duft auf meiner Haut.

Seiner Karriere hat er alles geopfert: Beziehungen, Ehen, Freundschaften. Über die Jahre hinweg wurde sie sein einziges Ziel, dem sich alles andere unterzuordnen hatte. Er verließ Deutschland um der Karriere willen, er zog von einer Stadt zur andern, von der Ostküste an die Westküste, von Süden nach Norden, und jetzt wohnt er in den Bergen, am See, in Vermont, in New York, in Montréal, und auch immer wieder in Kalifornien, am Meer, in der Wüste, in Gedanken, Träumereien, und dann wieder in der eisigen Kälte Neu-Englands, unter den Lichtern des Nordens, den ewigen Winden, die über den See fegen, den Sehnsüchten und Hoffnungen, die sein Leben bestimmt haben.

Mit eiserner Gewalt. Unerbittlich. Zwingend.

Nie folgte er der Stimme der Vernunft, der Logik oder hörte auf den gesunden Menschenverstand, immer unterlag er den Kräften in ihm, diesen bösen Wölfen, Teufeln, die ihm den Weg ins Verderben wiesen, in die Abgründe des Alkohols, der Drogen, der Frauen.

Ja, besonders die Frauen waren gefährlich für ihn gewesen. Ihre Schönheit, ihre Weichheit, die Sanftheit ihres Wesens, ihr Schimmer und Glanz vor der Liebe, ihr zärtliches Sich-Anschmiegen danach, ihr traumhaftes Reden und Verstehen, die Poesie ihrer Logik,—das alles macht Frauen gefährlicher als Heroin, stimulierender als Kokain, benebelnder als Wein.

Doch über allem, selbst über den Frauen, stand der Beruf, die Karriere, die teuflischer ist als der Teufel. Er hatte alles erreicht, hatte Bücher publiziert, Vorträge gehalten, Konferenzen organisiert, hatte sich einen Namen erarbeitet, erschwitzt, erkämpft, erlogen und erzwungen, hatte sich verkauft, seine Gesundheit ruiniert, hatte sein Inneres nach außen und sein Äußeres nach innen gekehrt, und kehren lassen. Jetzt hat er alles erreicht, was er erreichen wollte, nun ist er ein gemachter Mann—und geht einmal die Woche zum Psychiater.

Ich werde wach, der Fernseher rauscht, ich höre sein Rauschen und weiß, dass eine meiner Frauen, oder sogar beide, davor sitzen und ihren Bierrausch ausschlafen. Ich stehe auf und trete ins Wohnzimmer. Ich sehe nur eine der beiden. Sie schläft, ist halb vom Sessel heruntergerutscht, ihr Unterleib ist entblößt, sie schnarcht, in der Hand hält sie noch die Tüte mit den Kartoffelchips, vor ihr liegen zusammengedrückte, leere Bierdosen.

Ich mache den Fernseher aus und nehme ihr die Tüte aus der Hand. Sie stöhnt leicht. Ich hole eine Decke und wickle sie warm ein. Dann schleiche ich mich zurück in mein Zimmer und zehre vor dem Einschlafen von den Träumen.

Ich sitze in einer Bar, auf der Terrasse, mit Blick auf einen mildrosa Himmel, höre das leise plätschernde Meer. Aus der Bar klingt die Musik von "Dire Straits", ich rauche Zigaretten und trinke eine Flasche "Campo Nuevo" aus der Provinz Navarra.

Heute nachmittag war mir Christina begegnet, mit Vater, der keuchend neben ihr herlief, und ihrer Schwester Magda. Sie sah mich nur kurz an, und machte mit der Hand ein Zeichen. Ich bin wie im Fieber weitergegangen. Die letzte Nacht vibriert noch in mir, ihr Atem, der sanft über meine Brust streichelt, ihre Hand, die mich umfasst und ihr Mund, der mich küsst. Ich sitze am Meer, trinke trockenen Wein und fühle in mir eine sanft tobende Heiterkeit. Vor mir leuchtet der Himmel kaminrot, so wie ich ihn aus der Karibik her kenne, von meiner Insel Isla Mujeres, wo ich zum ersten mal die Schönheit der Wolken und des sich verfärbenden Himmels erlebt habe.

Der junge Kellner bringt mir eine Schale, gefüllt mit Nüssen und anderem Knabbergebäck. Ich danke auf Spanisch und sehe die Straßenlaternen aufglühen. Es ist ein Traum, vor mir steht Christina, ich sehe ihre blauen Augen, ihren schlanken Körper, sehe vor mir eine farbenprächtige Zukunft. Ich gehe zum Kellner und frage ihn, ob er eine

Kerze habe, zu meinem, unserem, großen Bedauern verneint er. Ich bedanke mich und gehe zu meinem Tisch zurück. Es dunkelt, und der Mond leuchtet hellgelb, wirft sein Licht aufs Wasser. Ich trinke langsam den Wein und denke darüber nach, welchen Namen ich dem Mondschein, der sich auf dem Wasser spiegelt, geben soll. "Mondschein auf dem Wasser", vielleicht kurz: "Wassermond."

In seinem Büro brennt die Deckenbeleuchtung, er hat nicht die Kraft, sie auszuschalten, obgleich er einfach nur ins Dunkle starren möchte. Vor dem Fenster steht ein Ahornbaum. Seine Spitze ist vom Säureregen zerfressen. Weiter hinten die Gebäude, in denen die Studenten wohnen. Er unterrichtet nur noch in einer Art Trance. Betritt den Seminarraum, legt sich die Unterlagen und Bücher zurecht, begrüßt die Studenten, wechselt ein paar Worte mit ihnen, macht einen lahmen Witz, der mit lahmem Lächeln erwidert wird, dann erzählt er von Deutschland, seiner Kultur, bzw. dem Mangel daran, den Schwierigkeiten der Vereinigung, die keine ist, und er ist froh, dass es Uhren gibt, dass nach 50 Minuten der Spuk vorbei ist, und er stürzt in sein Büro, legt seinen Kopf in die Hände und denkt an die Nächte mit Christina und ihrer Schwester Magda, denkt daran, dass dieser Traum vorbei ist, kann nicht begreifen und will es auch nicht, dass Liebe der Trauer gewichen ist, dass Lust mit Schmerz getauscht hat, Hoffnung mit Verbitterung, Extase mit Langweile, so steht er dann am Fenster, starrt in die blauweiße Winternacht, und wiederholt in seinem Kopf die Vergangenheit.

Nachdem wir uns in der siebten Nacht geliebt hatten, erzählte mir Christina, dass sie es ihrer Schwester gestanden hätte. Ich war erstaunt, bestürzt, fürchtete

Schwierigkeiten, dachte an den Vater, an Komplikationen, doch sie sagte nur, es sei nichts weiter dabei, ihrer Schwester teile sie alles mit.
"Alles?"
"Alles."
"Weiß sie auch ...?"
"Natürlich."
Mit einem Kuss versuchte sie meine Zweifel und Sorgen zu zerstreuen.
"Sie weiß also, dass wir ...?"
Erneut ihr Kuss, den ich erwiederte, den ich zum Anlass nahm, ihre Haut, ihre zarte, anschmiegsame Haut zu berühren, mit meinen Fingern, meinen Händen, Lippen, Haaren, ich spürte, dass sie brannte, dass sie begehrte, ihr Atem ging schneller, wurde feuchter, ihre Augen glänzten und nahmen diese eigentümliche Starre an, als schauten sie in sich hinein. In meinen Adern brannte die Lust, rohe, glühende Lust, ein Feuer, das sich langsam ausbreitete, auf ihren bereits entflammten Körper, ihre Hüften, ihren Mund, ihre Brüste, und darüber hinaus auf den Raum, das Hotel, Cala Figuera, den Hafen, das Meer, die gesamte Welt. Jetzt, so dachte ich, lieben sich auch in Paris und Warschau, in Berlin, New York und überall auf der Welt Menschen, mit der gleichen Zärtlichkeit, Innigkeit, Hingabe und Brutalität, Hässlichkeit und Schönheit. Wir schauten uns an,—es war schön zu leben, schön, den Körper eines andern zu fühlen, schön, im Rausch der Zweisamkeit zu vergehen, und kleine Tode zu sterben.

Als ich gestern abend nach Hause kam, überfielen mich meine beiden Frauen an der Türe, fesselten mich und setzten mich auf einen Stuhl. Sie trugen Tigeranzüge, billige Polyesterfetzen, aus einer billigen Boutique. Sie haben keinen Geschmack, meine Damen, das Billigste und Hässlichste finden sie schön und schwärmen mir davon vor, bis ich ihnen Geld gebe, damit sie ruhig sind.

Nachdem sie mich splitternackt ausgezogen hatten, führten sie eine Art Tanz auf. In ihrem Tigerfell. Ich schloss die Augen, um nicht wahnsinnig zu werden. Sie tanzten und heulten dabei, für sie war es Gesang, für mich Schmerz in den Ohren. Als sie sich ausgetobt hatten, begannen sie mich zu quälen, wie schon so oft zuvor. Sie glauben, es sei die hohe Kunst der Verführung, aber sie haben nichts von mir gelernt. Es beginnt immer damit, dass eine der beiden beginnt, mit meinem Geschlecht zu spielen. Da ich gefesselt bin, kann ich mich nicht wehren. Anschliessend legen sie mich aufs Bett und beginnen auf mir herumzureiten. Abwechselnd steigt einmal die, dann jene auf mich. Sie reiten so lange, bis sie auf mir stöhnend zusammenbrechen. Die erste wird von der zweiten runtergeschubst, die zweite bleibt auf mir liegen und begräbt mich unter ihren Fettmassen. Ob es mir auch Spaß gemacht hat, danach fragen sie nicht. Es ist ihnen völlig egal. Wenn sie fertig sind, schnurren sie wieder ab und schalten die Fernseher ein. Ich muss sie daran erinnern, dass ich noch gefesselt bin. Sie befreien mich und schauen mit ihren Augen bereits wieder nach dem Fernseher. Ich mache sie darauf aufmerksam, dass sie zwar fertig seien, ich aber noch nicht, und zeige vorsichtig auf mein Geschlecht. Sie schauen mitleidig auf mein abstehendes Glied, stopfen Pralinen in sich hinein, blicken zum Bildschirm, denken wohl nach,—bis sich eine der beiden schließlich erbarmt, ihre dicken Fischlippen über mein Glied zu stülpen, wobei sie mich so dreht, dass sie fernsehen kann.

Früher war das anders gewesen, früher waren sie aufmerksam, hatten Phantasie, konnten mich bis zum Explodieren reizen, beherrschten die Kunst der Verführung, —ich hatte ihnen alles beigebracht, und sie waren gute Schülerinnen—, doch jetzt scheinen sie alles vergessen zu haben, wollen nur noch ihre Gier befriedigen, und zwar schnell, deshalb überfallen und vergewaltigen sie mich.

Ich gehe durch einen Pinienwald. Es ist Mittagszeit, heiß und trocken. Die Bäume halten die Brise ab, die vom Meer herkommt, nur ab und zu erfrischt ein Hauch meinen Körper. Christina wartet auf mich. Sie hatte am Vortage eine einsame Bucht ausfindig gemacht. Gemeinsam steigen wir den Felsen hinab. Der Sand ist warm, wir entkleiden uns und stürzen ins uns ins Wasser. Wir schwimmen, lassen das kühle Wasser an unseren Körpern entlangstreichen, tauchen, umarmen uns, küssen uns und lieben uns am Strand, unter einer brennenden Sonne, einem strahlend blauen Himmel,—die Luft ist rein, es herrscht Stille und die Zikaden schweigen.

Wir liegen im Sand, Arm in Arm, und ich bin glücklich. Endlich habe ich das Glück gefunden, endlich kann ich die Suche aufgeben, denn ich habe gefunden, was ich immer schon gesucht habe. Die vielen Frauen in meinem Leben hatten mir nur den Weg gezeigt, hatten mich empfindlich gemacht, waren Lehrmeisterinnen, hatten mich erzogen und zum Blühen gebracht, doch jetzt war der Augenblick gekommen, die Frucht zu pflücken, den Tag, die Nacht, das Leben voll zu genießen, und sich diesen Genuss aufzubewahren. In mir war der Entschluss gereift, Christina um ihre Hand zu bitten. Ich drehte mich um, und schaute sie an. Ihre Haut war dunkelbraun und sanft, ihre Brüste fest und groß, die Hüften schmal, sie lag dort wie eine Göttin, wie ein Modell aus einem Modemagazin, ich küsste ihre Schulter und sie lächelte, ich küsste ihren Mund und sie berührte nur eine Sekunde lang mit ihrer Zunge meine Lippen, ich küsste ihre Brustrosen und fühlte, wie sie sich versteiften, ich schaute sie an und holte tief Atem.

Da sagt sie: "Weißt du eigentlich, dass wir beobachtet wurden?"
Sie kichert, als ich zusammenfahre.
"Wie meinst du das?"
"Na, ganz einfach. Zwei Augen haben uns dabei zugesehen."
Ich setze mich auf und schaue mich um.
"Sie ist wieder weggegangen."
"Sie? Woher weißt du, dass es eine 'sie' war?"
Christina kichert erneut.
"Na, weil ich Magda eingeladen habe, uns zuzuschauen."
Ich springe auf und blicke mich um.
"Sie findet dich auch sehr attraktiv."
Ich setze mich wieder.
"So?"
"Ja."
Und dann erzählt mir Christina, dass sie ihrer Schwester alles, aber auch alles, erzähle, dass sie jede Nacht, die wir miteinander verbringen, die wir uns lieben, in allen Einzelheiten beschreibt, sie sagt mir, dass sie merke, wie sehr sich Magda dabei errege, und sie sagt, dass sie die tollsten Geschichten hinzuerfinden würde, um sie noch erregter zu machen, und sie wüsste, dass Magda Lust auf mich hätte, dass sie im Schlaf meinen Namen riefe, dass sie manchmal zittre, und dass sie alles ganz genau wissen

wollte, dass sie jede Faser meines Körpers inzwischen kenne, und dass die Erwähnung meines Namens allein sie in Erregung versetzen würde.

Während sie mir das erzählt, lecke ich ihr das Salz von den Brüsten, Armen, Hüften, lasse ich meine Finger in ihrem nassen Haar spielen, beiße zärtlich ihre Finger, ihre Ohrläppchen.

"Erregt es dich, dass sie uns beobachtet hat?"

"Ja, es erregt mich. Und erregt es dich auch?"

Sie schaut mich an, küsst mich, und beginnt zu lachen. Als sie aufhört, sagt sie, die Geschichte mit Magda hätte sie erfunden, um zu sehen, wie ich reagieren würde. Sie lacht, sie lacht wieder, über meine Verwirrung, über meinen ungläubigen Blick, sie lacht darüber, dass ich mich entrüste, sie lacht und lacht,—und zum ersten Mal klingt ihr Lachen böse und teuflisch und gemein.

Ich habe meine Türe wie immer offengelassen. Es ist kurz nach zwölf Uhr, Christina wird in ein paar Minuten zu mir kommen. Ich habe mich gewaschen und ein wenig parfümiert, Zimtöl, denn sie sagte, sie liebe den Geruch von Zimt. Ich nannte sie mein "Cinnamon-Girl", und sie summte ein paar Takte von Neil Youngs Lied.

Heute Nacht wollen wir ein neues Spiel ausprobieren. Sie gab mir ihr Kopftuch und sagte, ich solle es mir vor die Augen binden.

"Ich werde kommen und dich verführen." Ihre Stimme klang sanft, träumerisch.

Ich stehe im Badezimmer vor der Spiegel und binde mir das Kopftuch vor die Augen. Ich taste mich zum Bett zurück und lege mich auf den Rücken. Ich höre die Türe, und leise schlüpft sie herein. Ich fühle Hände an meinem Körper, meiner Brust, meinem Bauch, ich spüre Lippen,

einen warmen Atem, ich umarme den Körper, suche mit meinem Mund ihre Lippen, küsse sie, umschließe mit meiner Hand ihre kleinen Brüste, streichle sie, lasse meine Lippen über sie gleiten, ich spüre ihre Hände, wie sie mich entkleiden, wie sie mich erregen, spüre ihre Lippen, ihren Körper, spüre sie. Wir umklammern uns, als wir die kleinen Tode spüren, die über uns hereinbrechen, wir lösen uns voneinander, sie steht auf und verlässt das Zimmer, ich löse das Kopftuch von meinen Augen. Mein Atem wird ruhiger, ich stehe auf, trete auf den Balkon, rieche an meinen Fingern, an meiner Haut, sehe Christina vor mir, lächle sie an, durchlebe noch einmal die vergangene Stunde. Am nächsten Tag, als wir uns wieder im Pinienwald treffen, schaut sie mich lange an. Ich suche verwirrt in ihren Augen, sie lächelt, als sie meine Unsicherheit spürt.
"War es letzte Nacht schön?" will sie wissen.
"Ja, schön wie immer."
Sie lächelt wieder und nimmt mich bei der Hand. Wir steigen über die Klippen zu unserem einsamen Strand, baden, und lassen uns von der Sonne trocknen.
"Hast du wirklich keinen Unterschied gespürt, letzte Nacht?"
Christinas Stimme holt mich aus meinem Halbschlaf zurück.
"Was meinst du? Was für einen Unterschied soll ich gespürt haben?"
"Nichts. Nur so eine Frage."
"Wirklich?"
"Wirklich."
Ich schließe meine Augen wieder, und falle sanft in meinen Schlummer zurück. Ich sehe Christina vor mir, daneben steht ihre Schwester, beide winken mir zu, lächeln mich an; plötzlich verschwimmen beide Gesichter zu einem, und

mich erregt der Gedanke, dass gestern nacht vielleicht nicht Christina zu mir gekommen war, sondern ihre Schwester Magda. Ich drehe mich zu Christina um und schaue sie an. Sie scheint zu schlafen, ihre Augen sind geschlossen. Ich küsse ihre Lippen, sie lächelt, ohne ihre Augen zu öffnen.
"Spielen wir das Spiel heute nacht wieder?" frage ich sie leise.
"Hat es dir so gut gefallen?" Sie legt sich die Hand vor die Augen und schaut mich an.
"Es war aufregend. Ich konnte dich nicht sehen, nur fühlen."
"Vielleicht", sagt sie ausweichend, steht auf und rennt ins Wasser. Ich blicke ihr hinterher und frage mich, welches Spiel Christina mit mir spielt.

Ich stehe wartend vor der Kasse im Supermarkt. Es ist kurz nach Mitternacht. Vor mir im Einkaufswagen befinden sich Kanister mit Mayonnaise und Erdnussbutter, gefrorene Pizzen, Kartons mit Schokoladenpudding, 30 Tüten Cornchips, 40 Tüten mit Kartoffelchips. Die Kassiererin schaut auf meinen Wagen und meint, ich hätte am Wochenende wohl eine große Gartenparty. Ich nicke. Wenn sie nur wüsste. In zwei Tagen ist alles weggefressen, dann muss ich wieder einkaufen gehen, 30 Tüten Cornchips, 40 Tüten Kartoffelchips, Eimer mit Erdnussbutter und Mayonnaise, allerdings in einem andern Supermarkt, zu einer andern Stunde, denn keiner weiß, dass ich zuhause zwei Frauen und vier Töchter habe, keiner, denn ich halte es geheim, schäme mich ihrer. Meine Kollegen denken, ich lebe allein, sei Junggeselle, man lädt mich ein zu Cocktailparties und Abendessen, man sucht meine Gegenwart, fragt, wie es mir ginge, zeigt sich besorgt um meine Einsamkeit, stellt mich alleinstehenden Frauen vor, lädt mich ins Kino, ins Restaurant ein, schlägt Segeltouren, Radtouren, Wanderungen und Spaziergänge vor, doch ich finde immer wieder einen Grund, abzusagen, schiebe Arbeit, die Gesundheit, eine plötzliche Reise vor, und verbringe meine Zeit in der Hölle, dort draußen im Wald, in den Bergen, wo einsam mein Haus steht, dort, wo ich sie versteckt halte, meine Frauen, meine Kinder.

Aber das war nicht immer so. Am Anfang ging ich mit meinen Frauen aus; Arm in Arm flanierten wir über die Boulevards, aßen in den besten Restaurants in der rue St. Denis, gingen ins Theater, ins Konzert, verbrachten ganze Wochenende in Kinos, fuhren zusammen ans Meer nach Cape Cod, oder in die Berge, ruderten auf klaren, stillen Bergseen und wanderten in den Parks. Meine männlichen Kollegen beneideten mich, ihre Frauen zogen über mich her, ich war der Außenseiter, der Künstler, der Kauz. Nie luden sie mich ein, denn sie wollten nicht, dass ihre Männer auf dumme Gedanken kämen, wollten sich nicht dem Vergleich mit meinen bildhübschen und dazu noch blutjungen Göttinnen aussetzen. Die Männer wollten wissen, nach ein paar Gläsern Wein oder Scotch, den sie immer auf nüchternen Magen trinken, wie es sei, so mit zwei Frauen, na ich wüsste schon, was sie meinten. Ich sah in hungrige Augen, aufgeschwemmte Gesichter, man hatte sich vertraulich zu mir herübergebeugt, hatte leiser als sonst gesprochen, hinter vorgehaltener Hand, an der der Ehering dick und fett glänzte, hatte sich geräuspert und sich wie ein ertappter Schulbub gerade hingesetzt, wenn die Tür aufging und die Dame des Hauses neuen Scotch brachte oder Käse und Knabberzeug. Wie es denn nun sei, mit zweien im Bett, fing ihr Gefrage wieder an, wenn ihre Frauen in der Küche verschwunden waren, noch dazu so jungen, schließlich könnte ich ihr Vater sein. Ich sah den Schweiß auf ihrer Stirn und erzählte alles, jede Einzelheit, sah die Schweißperlen größer werden, sah ihre flackernden Augen, ihre hastigen Gebärden, ihr gieriges Trinken, und ich berichtete ihnen von unseren Nächten zu dritt, servierte ihnen meine Extasen, meine Leidenschaften, meinen Taumel wie ein Menü, ich habe gesehen, wie sie litten, wie sie sich wanden unter meinen Worten, wie sie mit Verachtung und Hass ihre Frauen betrachteten, wenn diese ihren Scotch nachfüllten und dazu bemerkten, sie sollten nicht so viel und so schnell trinken, ich habe gesehen, wie sie an meinen Worten hingen, sie in sich aufsogen, und die Wonnen, die ich ihnen beschrieb nachzuerleben versuchten; ja, ich habe sie gequält mit meinen Spielen zu zweit, zu dritt, habe ihre vom Eheleben erlahmte Phantasie angefeuert, angestachelt, habe ihnen deutlich gemacht, wie erbärmlich und stumpf ihr Leben war, und wie tot. Ich habe mit ihnen gesoffen, und meine Reden haben sie trunkener gemacht als der Alkohol, den sie in sich hineinschütteten. Sie haben sich Blößen gegben, haben gestanden, dass sie es auch einmal mit zweien treiben wollten, nur so, nur einmal, zweimal, um zu sehen, wie es ist. Ich habe ihnen den Stoff für ihre Träme geliefert, und sie haben blass und zitternd nach mehr verlangt, wie Süchtige haben sie mich angebettelt, und ich habe ihnen gegeben, wonach sie gierten, mein Leben wurde ihr Leben, aus mir schöpften sie die Kraft nicht wahnsinnig zu werden, ich gab ihnen, was sie sich versagten, wovon sie nur heimlich träumten, und es war mir ein Genuss, ihre Leidenschaften zum Glühen zu bringen, denn ich wusste, sie würden ihren Frauen alles erzählen, nachts, wenn sie starr und steif nebeneinander im Bett liegen würden, die Hände über der Bettdecke gefaltet, ich wusste, das sie sich gegenseitig quälen würden, dass er sich schließlich nicht mehr beherrschen könnte und seiner Frau den Vorschlag machen würde, es doch auch, vielleicht, doch, sie wüsste schon, was er meinte, es, nun, doch vielleicht mit einer dritten, so wie, na, sie wisse schon wer ... Und ich wusste, dass ihre Frauen unter diesen Worten zusammenzuckten, dass sie sich winden würden wie Würmer, auf die man getreten ist. Ich wusste, dass sie Angst hatten, vor der anderen, der jüngeren, der schöneren; und in ihrer Verzweiflung schlugen sie mutig und mit gepresster Stimme vor, sie würden es auch gerne einmal, nachdem man schon so offen und frei darüber rede, dass man es auch einmal mit einem jüngeren Mann, einem jungen, kräftigen Mann treiben wollte;—und nun hatte er Angst, fürchtete den anderen, fürchtete den Vergleich, denn man war nicht mehr jung, hatte Falten, einen Bauch und war vom Alkohol geschwächt und zerstört.

So lagen sie nachts in ihren frischbezogenen, weißen, sauberen, sterilen Betten und quälten sich und verfluchten mich und mein Gerede, mich und meine Mädchen, verfluchten uns, obwohl es ihr Leben war, ihre Entscheidung, ihre Freiheit, aber sie hatten Angst, Angst vor sich, Angst vor ihren wahren Gefühlen, die sie im Laufe der Jahre zugeschüttet und schließlich zugemauert hatten, und die jetzt wieder aufbrachen, denn der Wahrheit kann keiner entfliehen.

Mit Entsetzen las ich damals in der Zeitung, dass zwei deutsche Politiker ernsthaft scherzhaft vorgeschlagen hatten, Mallorca von den Spaniern abzukaufen, da es dort inzwischen mehr Deutsche als Spanier gebe. Prominente wurden aufgezählt, die dort ihre Villen besäßen; außerdem würde, so die beiden, das Telefonieren billiger, da

Gespräche nach Deutschland zum Inlandstarif geführt werden könnten.

Palma de Mallorca würde nach Gelingen dieser Transaktion, die, so das Blatt, keine Besonderheit darstellen würde—man denke nur an den Kauf von Louisana, Alaska, den Tausch von Sansibar gegen Helgoland—in Palmenhausen umbenannt, und alle Speisekarten gebe es nur noch in Deutsch.

Ich trank erneut von meinem Faustino und fand den Vorschlag im Nachhinein gar nicht mehr entsetzlich, immerhin war Mallorca schon einmal von den Vandalen, unseren Vorfahren, besetzt gewesen. Ich trank erneut von meinem kühlen Faustino und stellte mir vor, Deutschland erwürbe sich die Strände des Südens, kaufte, sagen wir halb Griechenland, Italien und Spanien. Die Hälfte der Deutschen zöge bestimmt nach dort um, und im Gegenzug kämen mehr Südländer nach Deutschland. Beiden wäre geholfen: die Deutschen hätten endlich ihre heißersehnten Strände, das Meer und die Sonne, die Südländer hätten Arbeit und den langersehnten Wohlstand. Natürlich müssten die Deutschen bereitwillig sein, ich trank erneut von meinem wohlschmeckenden Wein, auch ihre Städte umbenennen zu lassen. So könnte, was ja nicht so abwegig ist, Köln wieder Colonia Aggripina heißen, und Bonn Bonnensia, München Monaco, und Berlin Athen; und wenn dann noch die Franzosen zurückkämen, wie zu Friedrichs Zeiten, dann hielte endlich auch die gute Küche Einzug ins Schnitzelland. Ich leerte mein Glas, die Flasche und freute mich auf ein Deutschland der Südländer.

Meine innere Uhr hat sich um drei Stunden verschoben. Ich habe mich der mallorquinischen Zeit angepasst. Um zehn Uhr frühstücke ich, um drei esse ich eine Kleinigkeit zu

Mittag; und mein Abendessen nehme ich um zehn oder um elf ein. Anschließend gehe ich zum Hafen, setze mich in das Straßencafé, das am oberen Ende liegt, da dort die freundliche Bedienung ist, und trinke Wein. Meist eine Flasche "Conde de Coralt", manchmal auch "Faustino."

Beides sind angenehme, unaufdringliche Weißweine, trocken, doch nicht säuerlich. Mich hat, das muss ich gestehen, die hervorragende Qualität des spanischen Weins überrascht, denn normalerweise bevorzuge ich kalifornische, französische oder italienische Weine. Aber die Weine dieser Länder sind hier nicht vertreten, was nicht schade ist und mich zwingt, neue zu erkunden, was, wie der Wein-kenner weiß, immer ein kleines Abenteuer ist.

Mir sind Menschen unbegreifbar, die wahllos Weine in sich hineinschütten können, denn ein jeder Wein will doch zuerst einmal erobert werden. Ein unbedachtsam getrunkener Wein rächt sich und verursacht Unstimmigkeit im Körper. Wenn ich mir die Karte bringen lasse, schaue ich deshalb zu allererst auf die Weinliste. Ich lese die Namen, lese sie laut nach, erkunde somit ihren Klang, frage die Bedienung nach Herkunftsregion und Jahr, erhalte oft einen dankbaren Blick dafür, frage, ob sie den Wein schon selber probiert habe, entscheide mich nach reiflicher Überlegung und einer Zigarette, für eine Sorte, verlange eine kleine Flasche, denn nicht nur der Wein will erobert werden, ich auch, trinke einen winzigen Schluck, nachdem sie mir gebracht—nein, serviert, zelebriert, von göttlicher Frauenhand überreicht—wurde, prüfe Geschmack und Farbe, trinke einen einen zweiten Schluck und entscheide dann, was ich dazu essen möchte.

Am ersten Abend, ich lag damals noch nicht im Bannkreis von Christina und Magda, bestellte ich eine Flasche "Faustino VII". Welch ein Name! Daran kann kein Deutscher vorbeigehen, obgleich die meisten hier, soweit ich das beobachten kann, Bier trinken. Der "Faustino" kam, er überzeugte, dazu aß ich Paella, auch sie war gut. Eigenartigerweise schmeckt das Weißbrot salzlos, wie die meisten Gerichte, und man ist versucht, nachzusalzen, aber ich verzichtete von Anfang an darauf, ahnend, dass es meinem Magen bekömmlicher sei, und ich hatte recht, hier im heißen Süden verspürte ich weniger Durst als etwa in Deutschland oder zuhause, wo ich mehrere Flaschen Perrier am Tag trinke.
Das hiesige Mineralwasser schmeckt übrigens auch ganz ausgezeichnet; und ich war enttäuscht, dass es die Marke "Vichy Catalan", an die ich mich sogleich gewöhnt hatte, im Supermarkt nicht mehr gab.

Abends, nach Sonnenuntergang, wird es merklich kühler. Eine erfrischende Brise weht vor Meer her, die Sterne strahlen intensiv, trotz der Beleuchtung, ich sah seit langer Zeit die Milchstraße wieder leuchten, und auf den Straßen beginnt ein buntes Treiben. Besonders die Restaurants und Cafés am Hafen sind gut besucht, man isst und trinkt, die einheimischen Katzen umschleichen den Tisch des Essenden, und die Kinder veranstalten Wettläufe, die Hafenstraße hinunter.

Gestern nahm am Nebentisch ein Pärchen platz, sie unterhielten sich fachmännisch über Torten und die Zubereitung von Sahne. Zwei Konditoren, die gerade ihre Gesellenprüfung bestanden und sich diese Reise genehmigt hatten. Die beiden sprachen über ihre kunstvoll arrangierten

Gesellenstücke, die sie den Meistern vorstellen mussten, und von den unvermeidbaren Katastrophen, die ihre Prüfung begleitet hatten. Dem jungen Konditor war die Schlagsahne nicht gelungen, weil sie zu frisch war und sich von daher nicht aufschlagen ließ; der Konditorin war das Schokoladenornament, mit dem sie ihre Torte dekorieren wollte, zerbrochen, und nur unter den größten Schwierigkeiten war es beiden gelungen ihre Unglücke noch zum Guten zu wenden.

Ich nahm Anteil an ihren Erzählungen, stellte mir vor, wie die Torten ausgesehen haben mochten, und sah die beiden im Bild mit ihren Pepitahosen, ihren weißen Jacken und hohen Konditorenmützen, sah die Schürzen, wie immer bunt gefleckt mit Marmelade und Schokoladenresten. Als sie mit ihrer Erzählung zuende waren, bezahlten sie und debattierten noch kurz darüber, ob das Trinkgeld im Preis mit inbegriffen sei. Vorsichtshalber ließen sie ein paar Münzen auf dem Tisch liegen, dann standen sie auf und gingen Arm in Arm weg.
Ich ließ mir von der Kellnerin, einer schönen, dunkelhäutigen jungen Frau, die mit Eifer und wie mir schien Freude die Tische bediente, eine zweite Flasche "Faustino" bringen, daran denkend, dass der gute, alte Geheimrat Goethe ebenfalls seine zwei, drei Flaschen Wein des Abends genossen hatte.

Später ging ich zur Tanzbar zurück, setzte mich auf die leere Terrasse und hörte den Wellen zu, die gegen die felsige Küste schlugen. Der Mond war fast zu seiner vollen Größe angewachsen und warf sein breites Lichtband übers Meer. Aus der Bar klang die Musik von Sting, Ten Summoners Tales, und ich musste an den Schriftsteller denken, der im winterkalten Spanien über die Jukebox meditierte. Sein Umherirren, sein Aufsuchen von entlegenen Dörfern und Städten, sein Sich-Einlassen auf das ganz Fremde beeindruckte und bestürzte mich, und ich zollte ihm meinen Respekt, indem ich ein Gals Wein auf sein Wohl trank.

Gegen Mitternacht füllte sich die Bar mit jungen Spaniern, die zur Theke stürmten und laut Getränke bestellten. Ich fand es schön, nur Spanisch und das ganz fremde Mallorquin, das mich vom Klang her ein wenig an das Italienische erinnerte, zu hören. Als ich schließlich ging, strahlte die Milchstraße über mir, der Mond stand am Horizont und in den Restaurants wurden die Stühle auf die Tische gestellt und die Lichter gelöscht.

In mir ist ein Bild zurückgeblieben von einem etwa zehn, elf Jahre alten Jungen, der tagträumend am Strand entlangspazierte. Er ging, fast möchte ich sagen, er schwebte, über den Sand, ins Nichts schauend, weder lächelte er, noch schaute er traurig aus. Dieser Junge erinnerte mich an mein Träumerdasein. Immer schon lebte ich in Träumen, folgte den Traumstimmen, lebte in einer Welt, die ich mir immer wieder aufs Neue entwarf, entwerfen musste, denn die wirkliche Welt war mir zu hart und kantig, ständig eckte ich an, hatte das Gefühl nicht hineinzupassen, nicht in meinem Element zu sein. Nur einmal, es war damals in Südkalifornien, sagte jemand von mir, dass mir meine Umgebung wie eine zweite Haut passe.

Lasst uns auf die Träume anstoßen, meine Freunde, trinken wir auf auf ihr Wohl, denn nur das traumumnachtete Dasein weist uns den Weg, den wir nie verstehen werden. Und lasst uns, ihr Männer, auf die Frauen trinken, denn auch sie haben, mehr als wir, sich die Kraft zum Träumen bewahrt. Allerdings sollten wir vorsichtig sein und ihnen nicht blindlings folgen, denn zu oft kennen sie den Weg, den sie uns treuherzig und liebevoll weisen denn doch nicht—und wir stürzen an ihnen vorbei, langsam, furchtbar langsam, ins dunkle und immerwährende Verderben.

Die erste Nacht mit Christina und ihrer Schwester Magda war eine Enttäuschung für uns alle drei. Zwar hatte ich mir in den bebenden Stunden zuvor ausgemalt, wie ich beide lieben würde, hatte mir alle möglichen Positionen vorgestellt, war fiebrig erregt, als sie zur Tür hereinschlüpften, doch Magda war und blieb während der nächsten drei Stunden die Fremde in unseren Spielen.

Ich machte alles falsch, versuchte beide gleichzeitig zum Glühen zu bringen und versagte kläglich, konnte mich in meiner Gier auf keinen Körper konzentrieren, wechselte von einer zur andern, verlor mich in meinem Rausch. Zum Schluss lagen wir erschöpft und leer nebeneinander; und ich verspürte Ekel vor mir und allen Frauen.

"Wir müssen es erst noch lernen", sagte ich in die erdrückende Stille hinein. Ich hatte es mir leichter vorgestellt."

Die beiden Mädchen legten ihre Köpfe auf meine Schultern, rechts, links. Ich fuhr mit beiden Händen durch ihre Haare, streichelte sie sanft. Verfluchte innerlich meine Ungeduld, wusste nun, dass ich es anders machen musste, beim nächsten Mal, wusste, dass ich beide langsam und zärtlich aneinander gewöhnen musste, dass ich nicht meiner

Gier nachgeben, sondern abwarten musste, bis ihre Lust aufblühen, und sie auf natürlichem Wege zueinander führen würde, denn im Augenblick des sexuellen Rausches, wenn das Fleisch unerbittlich die Macht an sich reißt, gibt der Mensch nach und lässt sich fallen in den Abgrund, den er verabscheut, wenn er bei Sinnen ist, den er aber in sich aufsaugt wie süßen Honig, wenn er seine Fesseln abgestreift hat.

Auch in den darauffolgenden Nächten kam es zu keiner Gemeinsamkeit zwischen uns, und wir waren enttäuscht von unserem Experiment, waren bereit, es abzubrechen. Doch dann, eines nachts, geschah das Erwünschte. Wir rissen uns gegenseitig in den Taumel der Lust, spielten mit unseren Körpern und Sehnsüchten wie auf Musikinstrumenten und lagen zum Schluss in einer Art Trance auf dem Bett. Was war geschehen? Nichts—außer dass unser Wunsch in Erfüllung gegangen war, dass sich die Körper gefunden hatten, dass die anfängliche Fremdheit einer Vertrautheit gewichen war—und in diesem Zustand des gegenseitigen Einvernehmens beschlossen wir, von nun an unser Glück zu dritt zu versuchen. Unsere Seelen waren in diesen Nächten so zart gestimmt, dass wir uns unbedingte Treue schworen, dass wir uns unter Tränen versicherten, nur für unsere Liebe zu leben, und, wenn nötig, zu sterben. O, glaubt mir meine Brüder, ich war der glücklichste Mensch auf dieser Welt, umarmte beide, küsste ihre Tränen weg, so wie auch ihre Lippen meine Tränen trockneten, an meinen Schultern, meiner Brust, meinen Lenden hinunterwanderten und sich bemühten, meine Leidenschaft aufzustacheln, um mich den kleinen Tod sterben zu sehen. Ich fühlte mich geborgen, atmete ihre Haut, streichelte ihre kleinen Brüste; und ich versprach beiden, dass mein Leben von nun an ihnen ganz allein gehören würde. Sie hörten gut zu, meine beiden, sehr gut zu.

Unserer Liebe stand eigentlich nur noch eines im Wege— ihr alter, fetter Vater. Beide hatten mir gesagt, dass er misstrauisch geworden sei, dass er letzte Nacht in ihrem Zimmer gewesen sei, als sie bei mir waren, und dass er ihnen am Morgen am Frühstückstisch eine Szene gemacht hätte. Sie meinten, sie könnten nicht mehr jede Nacht zu mir kommen, ihr Vater würde jetzt bestimmt aufpassen und ihr Zimmer überwachen. In mir brach eine Welt zusammen, denn ich konnte mir meine Nächte, ja, mein Leben nicht mehr ohne Christina und Magda vorstellen. Wir verabredeten uns für Mitternacht, und wussten, dass es vielleicht das letzte Mal sein könnte.

Wie gewöhnlich ließ ich die Tür angelehnt, nachdem ich mich geduscht und aufs Bett gelegt hatte. Die Balkontür stand weit offen, und ich vernahm die zu mir heraufdringenden Straßengeräusche mit einer erhöhten Aufmerksamkeit. Der Nachthimmel schien auch blauer als sonst zu leuchten. Ich stand auf und schenkte mir ein Glas Wein ein. Der Hafen war still, die Schiffe lagen vor Anker, im Wasser spiegelte sich das Licht der Straßenlaternen und Häuser. Ich hörte Schritte und stellte mein Glas ab. Die Zimmertüre ging langsam auf und Magda und Christina schlüpften herein. Wir umarmten uns stumm und entkleideten uns schnell. Ich gab ihnen Wein zu trinken, und wir begannen uns zu lieben. Ich verlor mich wieder im Taumel der Leidenschaft mit beiden und vergaß die Welt um mich herum. Wir beendeten unser Liebesspiel, wie stets mit einem befreienden, leisen Lachen, als plötzlich die Tür aufgestossen wurde. Im Türrahmen stand schwarz und schweratmend der Vater. Aus unseren Mündern tropfte das Lachen der genossenen Lust. Ich begriff zuerst nicht, die Mädchen schauten ebenfalls verdutzt zur Tür.

"Runter von meinen Töchtern!" tönte es dumpf und grollend vom Türrahmen her. Und wieder: "Runter von meinen Töchtern!"

Ich stieg von ihnen herunter und rollte mich neben sie. Magda löste sich ebenfalls von ihrer Schwester, auf der sie Brust an Brust gelegen hatte. Der Alte starrte auf uns und das Bett und trat einen Schritt vor. Mit einem Mal erzitterte das Zimmer von einem Schrei, der aus der Unterwelt herzukommen schien. Mir war dieser Laut peinlich, da ich daran dachte, dass die anderen Hotelgäste gestört werden könnten; die Mädchen zogen sich die Decke über die Köpfe, wir erwarteten das Schlimmste. Doch plötzlich fing der Vater zu wimmern und zu röcheln an und packte sich ans Herz. Ich beobachtete neugierig, wie er langsam auf seine Knie fiel, dort bewegungslos einen Moment lang verharrte, wieder zu röcheln begann und die Namen seiner Töchter ausstieß. Dann fiel er zur Seite und zuckte ein paar Mal. Wieder stammelte er die Namen seiner Töchter. Er wollte etwas sagen, doch sein Gestammel war nicht zu verstehen. Ich beugte mich über ihn, um ihn besser verstehen zu können.
"Was sagten Sie?"
"Ich ...", kam es leise und gepresst aus dem Mund des Vaters.
"Ich kann Sie leider nicht verstehen", sagte ich.
Der Mann nickte nur schwach, gab sich im folgenden aber diese Mühe nicht mehr, stammelte nur noch "ich", "ich", und drehte sich auf die Seite, um wortlos zu sterben.

Christina und Magda krochen unter der Bettdecke hervor und schauten auf ihren Vater. Ich ging zum Tisch und schenkte uns Cognac ein. Ich gab den Mädchen ihre Gläser und prostete ihnen zu. Die Gläser klirrten leise, als wir sie zusammenstießen; wir tranken und schauten wieder auf die Leiche neben dem Bett.
"Wohin mit ihm?"
Die Mädchen zuckten mit den Schultern. Ich stellte mein Glas weg und trat vor den Körper hin. Er lag sehr ungünstig vor der Tür, und ich schob ihn unter das Bett, damit die Tür wenigstens geöffnet werden konnte. Dann setzte ich mich aufs Bett und überlegte. Die beiden kamen ebenfalls zum Bett und legten sich hin. Ich fragte, ob sie müde seien, doch sie schüttelten ihre Köpfe. Ich stand auf und schenkte uns Cognac ein, wir tranken und der Alkohol fuhr feurig in unsere Adern. Wir leerten die Flasche und ich bekam plötzlich Lust, mit ihnen zu schlafen. Wir liebten uns mit einer Leidenschaft, die wir bisher nicht gekannt hatten. Nicht einmal dachte ich daran, dass unter dem Bett ihr Vater lag und langsam starr wurde. Als wir erschöpft und glücklich nebeneinander lagen, meinte ich, dass wir die Leiche ihres Vaters wegschaffen müssten. Magda nickte müde und drehte sich auf die Seite. Christina fragte, ob das nicht bis morgen Zeit hätte, sie sei auch müde.
"Meinst du nicht, dass er bis morgen riecht?"
"Weiß nicht, ist das erste Mal, das ich so etwas erlebe."
"In dieser Hitze hält er sich bestimmt nicht lange", gab ich zu bedenken.
"Hast recht", gähnte Christina und rüttelte ihre Schwester wach. Wir standen auf, und ich taumelte ein wenig. Der Cognac hatte mich doch mehr benommen gemacht, als ich gedacht hatte. Die Mädchen schwankten ebenfalls. Zu dritt

zogen wir die Leiche unterm Bett hervor, und starrten sie an. Wir überlegten und starrten sie weiter an. Plötzlich kam mir die Idee.
"Wir können ihn ja nicht bis zu seinem Zimmer im ersten Stock schleppen", sagte ich und entkorkte eine Flasche Rotwein. "Man könnte uns ja sehen, und dann wären wir in Schwierigkeiten."
Das leuchtete ein.
"Wir setzen ihn einfach in den Fahrstuhl, kippen Wein über ihn, drücken ihm die leere Flasche in die Hand und schicken ihn nach unten."

Die Mädchen nickten zustimmend und zu dritt schleiften wir den massigen Körper zum Fahrstuhl, ließen ihn heraufkommen, öffneten die Tür und verstauten die Leiche in ihm. Ich nahm einen Schluck von der Flasche, bevor ich sie schweren Herzens über ihm auskippte. Dann warf ich die leere Flasche neben den Toten, drückte den Knopf und schloss die Türe. Langsam schwebte der Fahrstuhl nach unten. Erleichtert atmete ich auf, rieb mir die Hände und sagte den Mädchen, sie sollten auf ihr Zimmer gehen, denn sie würden sicherlich benachrichtigt werden. Wir küssten uns zum Abschied und verabredeten uns zum Frühstück um zehn in unserem kleinen Café am Hafen. Ich ging in mein Zimmer zurück, legte mich aufs Bett und schlief sofort ein.

Der Psychiater meint, ich leide, und dass ich mich von meinem inneren Kind loslösen solle. Der Psychiater schaut mich nicht an,— nie schaut er mich an. Ich betrachte die Beule an seiner Stirn, seine abgewandten Augen, die ständig zur Uhr irrlichtern, seine fettigen Haare. Die Klimaanlage, die ins Fenster eingelassen ist, brummt und tropft, trotzdem ist es heiß im Zimmer, und ich schwitze und möchte gehen. Seine Hand greift, wie immer, wenn ihm nichts mehr einfällt, zum Rezeptblock, er kritzelt den Namen eines Medikaments darauf, gibt mir nuschelnd Instruktionen, ich erkundige mich nach Nebenwirkungen, er zuckt mit den Schultern, meint, die seien halb so schlimm; und ich beschließe das Medikament nur zwei Tage lang auszuprobieren, dann schmeiße ich es weg, wie immer. Natürlich weiß er nicht, wie es um mich steht, denn ich erzähle ihm jedesmal neue Geschichten, tische die tollsten stories auf, verwirre ihn systematisch, verlange nach immer neuen Medikamenten, zweifle seine Kompetenz an, beschwere mich über die Rechnung, die er mir bereits zu Beginn jeder Sitzung eiskalt präsentiert, verlange, dass er mir endlich einmal zuhören solle— er aber winkt ab, sagt, er kenne mich, wisse genauestens Bescheid, hätte mehrere solcher Fälle, ich solle nur das neue Medikament nehmen, mindestens drei Wochen lang. Ich schaue auf das Rezept und frage, was es denn diesmal sei. Er sagt, ein Anti-Depressivum. Ich frage, wie es wirke. Er sagt, es würde mir helfen. Ich entgegne, das würde ich schließlich erwarten. Er antwortet, deshalb verschreibe er es mir ja. Ich will wissen, was es für Nebenwirkungen hat. Er sagt, es könne dazu führen, dass eine spontane Versteifung meines Gliedes auftreten könne, die—er schaut mich tatsächlich an—sehr schmerzhaft wäre, da sie nicht mehr von allein wegginge. Ich lächle. Der Psychiater gibt mir die Telefonnummer einer Notarztstation und meint, mit einer Injektion sei die Dauererektion wegzukriegen. Ich bedanke mich und verlasse das Zimmer. Auf dem Nachhauseweg stelle ich mir vor, wie ich ins Krankenhaus eingeliefert werde, welche Antwort ich geben müsste, wenn ich gefragt würde, was mir denn fehle. Ich zerknülle das Rezept und schmeiße es in einen Abfalleimer. Als ich an einem Laden vorbeikomme, kaufe ich mir eine Flasche Cognac.

Gestern fuhr ich in die Stadt, um Lebensmittel einzukaufen. Es fiel mir schwer, den Wagen zu lenken, denn der Cognac hatte sich nicht schnell genug abgebaut. Ich fuhr sehr langsam, um mir keinen Schaden zuzufügen. Als ich endlich auf den Parkplatz vor dem Supermarkt einbog, lief dummerweise eine alte Frau vor mein Auto. Ich riss den Wagen im letzten Moment nach links und fuhr nur über ihren Fuß. Da die Wagenscheiben hochgekurbelt waren, drangen ihre Schmerzensschreie nur gedämpft herein. Ich sah im Rückspiegel, wie sie sich krümmte und langsam auf den Boden gleiten ließ. Ich konnte über soviel Unvorsichtigkeit nur den Kopf schütteln.
Der Einkauf verlief dagegen ohne Störung und vollgepackt verließ ich den Supermarkt. Von der alten Frau war nichts mehr zu sehen. Ich nahm an, dass sie es wohl doch noch nach Hause geschafft hatte. Hätte doch einfach besser aufpassen sollen.

Ach Freunde, nichts ist mehr so, wie es einmal war. Die Liebe findet nur noch in Gedanken statt, in der Ferne der vergangenen Zeit, und um uns herum blüht eine Gegenwart in der ein dumpfer Tag den andern jagt. Uns bleibt nichts als stille Trauer und ein Glanz Hoffnung, denn ein Schritt in die falsche Richtung entscheidet oft den Gang des Geschehens.

Inhalt

Der Magische Garten 7

Der Neue Trick 23

Gelbe Wärme...27

Dubliner..37

Quem deus..41

Totenwache...45

Kalifornischer Winter 49

Neuschnee...57

Im Auditorium 65

Kreuzer-Meditation..67

Kif..71

Die Zwillinge..83

Jurgen Kleist: Der Zauberer von Wien, Nietzsche in Turin, Zarans Reise, Eine Liebe in Montréal (Gedicht), California Dreaming (Drehbuch, German Edition), Dancing with Aunt Lola and other stories (Short Stories, Engl. Edition), Zarathustra's Last Dance (Play, Engl. Edition), The Cartoonist (Screenplay, Engl. Edition), The Kiss of the Green Fairy (Screenplay, Engl. Edition), The Magician from Vienna (Screenplay, Engl. Edition).

See: amazon.com ("Jurgen Kleist")

See also: jurgenkleist.com

4673761R00077

Printed in Germany
by Amazon Distribution
GmbH, Leipzig